U0090868

古典文學研究輯刊

二編

曾永義 主編

第23冊

趙秉文散文研究

陳蕾安 著

國家圖書館出版品預行編目資料

趙秉文散文研究／陳蕾安 著 — 初版 — 新北市：花木蘭文化出版社，2011〔民 100〕

序 2+ 目 4+134 面；19×26 公分

（古典文學研究輯刊 二編；第 23 冊）

ISBN：978-986-254-510-2（精裝）

1. 傳記 2. 散文 3. 文學評論

820.8 100001160

古典文學研究輯刊

二 編 第二三冊 ISBN：978-986-254-510-2

趙秉文散文研究

作　者 陳蕾安

主　編 曾永義

總 編 輯 杜潔祥

出　版 花木蘭文化出版社

發 行 所 花木蘭文化出版社

發 行 人 高小娟

聯絡地址 新北市永和區中正路五九五號七樓之三

電話：02-2923-1455／傳眞：02-2923-1452

網　址 http://www.huamulan.tw 信箱 sut81518@ms59.hinet.net

印　刷 普羅文化出版廣告事業

初　版 2011 年 3 月

定　價 二編 30 冊（精裝）新台幣 48,000 元

趙秉文散文研究

陳蕾安　著

作者簡介

陳蕾安，1976年生，台北人，2003年文化大學中文研究所碩士畢業，2004年政治大學教育學程班結業，取得中等學校國文科教師資格，曾任教於國、高中及高職。目前於北台灣科學技術學院擔任講師，教授「國文」、「中文閱讀與寫作實務」等課程，並繼續攻讀博士學位中。主要研究金代文學及古典散文等相關議題，著有《趙秉文散文研究》。

提　要

趙秉文，是金元時期著名的文學大家，更是元好問亦師亦友的重要研究夥伴，其繼承唐宋古文的文學主張，更影響整個金代文學風氣，確實是金源一代文壇中居承先啟後的一位關鍵者。趙氏散文存於今者，即有一百四十九篇，內容與社會時政、道德教化息息相關。綜觀其一生宗師儒學，才高志大，除其自身不斷學習與嘗試創作實踐外，更不吝於提攜後進，故終能成為一代文壇祭酒，甚為時人所敬仰。

本書是以《滏水文集》中之散文為研究主體，再佐以其詩歌、其他著作及相關史料等，並就其政治環境、文學思想兩大方面著手，針對趙氏之生平加以探討。其次，將趙氏散文內容分為四類：「議論類散文」，專言其政論與史評；「思想類散文」則就其文章所表現出的思想理念逐一論述，細分為「佛學思想」與「理學思想」兩項；第三類則針對「敘述類散文」分為「記人」與「記事、記遊」兩類； 第四類為「應用類散文」，分為：「箴銘」、「頌贊」、「奏議」、「詔令」四種。四類散文分別分析其結構、歸納其常用之手法技巧釐清其藝術特色，包括內在的「內涵風格」及外在的「修辭技巧」等。在文學理論方面，本書則針對趙氏數篇與文學評論相關的文章，進行一連串的分析，歸納出五個特點，並與金代數位文學批評大家相互比較異同。

目次

自　序

黑格爾曾說：「每個人的意義在於他所處的國家、歷史位置，尤其在於他在普遍觀念演變至某一時代中所佔的位置。」在唐宋古文大家輩出情況下，趙秉文的散文或許較不易受到重視；然其在金元時期，繼承著唐宋古文的文學主張，影響了整個金元甚至明清以後的文學發展，自有其重要地位。

在撰寫《趙秉文散文研究》之時，雖趙氏文集尚存，然其他相關資料甚少；研究之初，即蒙　業師李李提綱挈領，指點迷津，並授與研究方法；草稿初成，又蒙　業師細心批閱，乙正觀念缺失，歸納前人經驗與治學態度等等，甚至關心學生之生活起居，時加鼓勵，嘉惠實多，銘感至深。

唯本人才疏學淺，實不敢期待碩士論文能有所得，雖已竭盡心力，然疵瑕疏漏之處，在所難免，所幸　張師仁青、　高師禎霙與　業師，對於本論文細心評閱，並給予寶貴的指導與建議，使余終能勉力完成論文。此外，亦感謝多位學長姊的引領與協助，以及政治大學教育學程班同學的支持與鼓勵。

尚祈博雅君子能對本論文不吝斧正賜教。最後，謹將此論文獻給愛我的父母家人及　業師。

中華民國九十二年十二月
陳蕾安　謹識於台北

書影一　上海商務印書館縮印湘潭袁氏藏汲古閣精寫本（四部叢刊本）

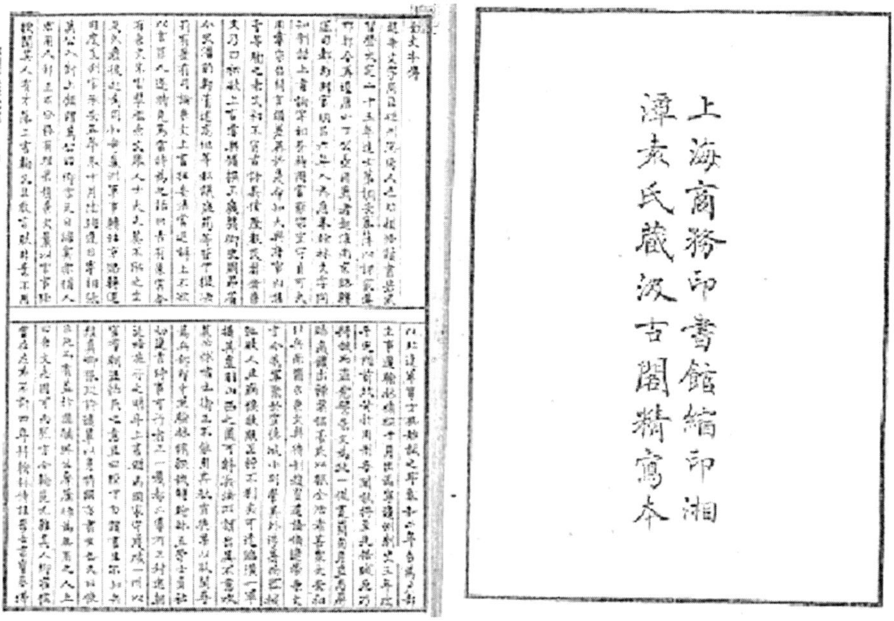

上海商務印書館縮印湘
潭袁氏藏汲古閣精寫本

書影二　畿輔叢書本

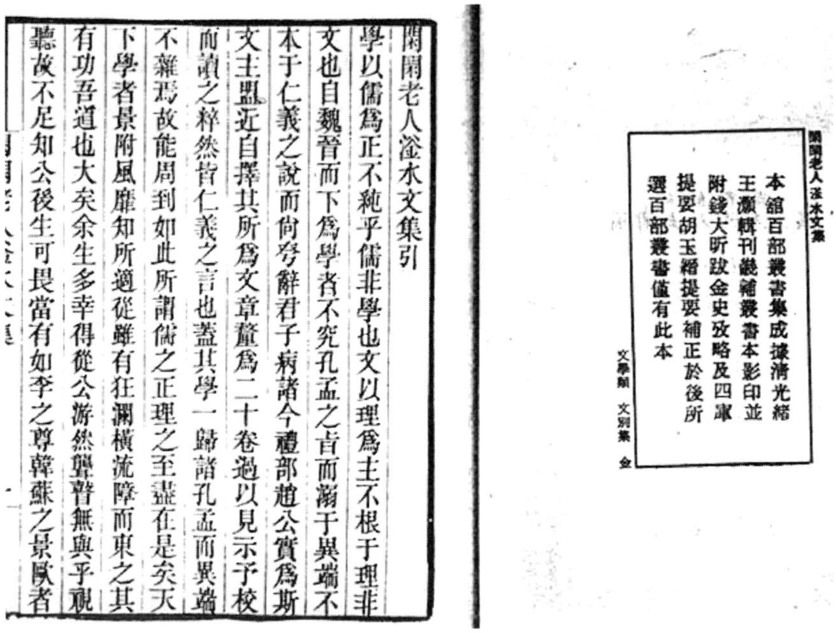

閑閑老人滏水文集引

學以儒爲正不純乎儒非學也文以理爲主不根于理非
文也自魏晉而下爲學者不究孔孟之旨而溺于異端不
本于仁義之説而尙夸辭君子病諸今禮部趙公實爲斯
文主盟近自擇其所爲文章釐爲二十卷過以見示予校
而讀之粹然皆仁義之言也蓋其學一歸諸孔孟而異端
不雜焉故能周到如此所謂儒之正理之主盡在是矣天
下學者景附風靡知所適從雖有狂瀾橫流障而東之其
有功吾道也大矣余生多幸得從公游然聾瞽無與乎視
聽故不足知公後生可畏當有如李之尊韓蘇之景歐者

閑閑老人滏水文集

本館百部叢書集成據清光緒
王灝輯刊畿輔叢書本影印並
附錢大昕跋金史攷略及四庫
提要胡玉縉提要補正於後所
選百部叢書僅有此本

文學類　文別集　金

書影三　寶彝室手抄本

書淥水集前

金禮部尚書閣之趙公淥水集二十卷向無刊本雍正七年薄遊郡城借鈔於虎邱書肆酒時眼明手疾日可盡二十頁未幾入都倉卒竊去蓋手鈔僅六卷耳携之行篋不復省憶十三年待詔　闕下見少司農李穆堂先生插架有是書因復假歸命蒼頭錄之並二十卷又復出都未暇卒業乾隆四年為吳興太守纂修郡志又得假於戴公子光林藏室迺令胥鈔之凡閱十二年而是書始成全書人事之不恒如此而余亦不自知老之將至矣因裝池完好而記其顛

書影四　趙秉文手蹟

故宮藏〈趙霖畫六駿圖跋〉

第一章　緒　論

第一節　研究動機與目的

就中國散文發展史觀之，研究古文者特重唐宋，研究小品文者則專注明清，對於遼金元的散文則多略而不論，實乃散文研究之斷層。

趙秉文，是金元時期著名的文學大家，更是元好問亦師亦友的重要研究夥伴，其繼承唐宋古文的文學主張，更影響整個金代文學風氣，確實是金源一代文壇中居承先啓後的一位關鍵者，其散文存於今者，即有一百四十九篇，包含論說、記敘、應用三大類別，內容則與社會時政、道德教化息息相關。綜觀趙秉文一生宗師儒學，才高志大，除其自身不斷學習與嘗試創作實踐外，更不吝於提攜後進，故終能成爲一代文壇祭酒，甚爲時人所敬仰。

趙秉文在文學史上，自有其傑出之地位，張健、洪光勳、林明德、鄭靖時、胡幼峰等先進學者，對趙氏之詩與文學批評加以探討，至於他的散文著作則罕見，故爲免遺珠之憾，本文藉分析其散文的內容及形式，冀能稍稍彌補散文史之缺，並還原彰顯「金源一代一坡仙」〔註1〕的散文成就。

第二節　研究資料與方法

本論文《趙秉文散文研究》是以《閑閑老人滏水文集》（以下簡稱《文集》）中之散文爲研究主體，再佐以其詩歌、其他著作及相關史料等，針對趙氏之

〔註 1〕元・郝經撰，《陵川集》，台北：台灣商務印書館（四庫全書本），民國 72 年 6 月，卷十〈題閑閑畫像詩〉。

生平思想與散文之意韻內涵、藝術技巧等加以探討。

《滏水文集》採《四部叢刊》本為底本，並參校其他文本〔註2〕。另據《畿輔叢書》本再加上「補遺一卷」，再由《金文最》補入〈達摩面壁菴贊〉及〈郭恕先篆跋〉兩篇，並參看《中州集》、《歸潛志》、《元史》等，期在時空交縱、文史互證中，確實掌握其散文的各個面見。

在趙氏時代背景及其生平著作部分，乃就其政治環境、文學思想兩大方面著手，並詳列其生平與著作，藉以探討周臣在整個金代文學中所扮演的重要角色。

其次，將趙氏散文內容分為四類：「議論類散文」，專言其政論與史評；「思想類散文」則就其文章所表現出的思想理念逐一論述，細分為「佛學思想」與「理學思想」兩項；第三類則針對「敘述類散文」分為「記人」與「記事、記遊」兩類；第四類為「應用類散文」，分為：「箴銘」、「頌贊」、「奏議」、「詔令」四種；並分別加以探討研究。此四類文章可以涵蓋其散文的內容，也能藉此了解趙秉文的為人與思想。

在散文結構分析部分，從「論說」與「敘述」兩類文章切入。歸納其常用之手法技巧，並探求其文章根源及師法對象，也論及其對後學的影響，試圖勾勒出一條完整的散文傳承脈絡。

至於散文的藝術特色，乃由兩方面著手，一為內在的「內涵風格」，一為外在的「修辭技巧」。試圖了解趙氏文章內在蘊藏與外在形式上的價值。

在文學理論方面，本論文則針對趙氏數篇與文學評論相關的文章，進行一連串的分析，歸納出五個特點，並與金代數位文學批評大家相互比較異同。

〔註2〕各版本之校對考證，部分篇章參考江應龍編，民國74年，國立編譯館中華叢書編委會著《遼金元文彙》中所作整理。

第二章　趙秉文之時代背景及其生平著作

第一節　時代背景

欲了解趙秉文其人及其思想，則必先了解其所處的大環境。本節分爲政治環境與文學環境兩方面討論，分別介紹趙氏時代的政治與文學背景。

一、政治環境

趙周臣身處的年代，正是金朝由全盛漸轉衰的時期。他出生時海陵王（原封歧王）完顏亮（原名烈，又名迪古，字元功）奪位而立不久，金朝內政頗爲動盪。海陵王是一個聰明絕頂的人物，但爲人十分殘暴、淫佚，歷史上對他的評價都不好，趙也認爲：「不仁而得天下者，亦有之矣；不仁而世數長久者，未之聞也。」〔註1〕說的正是海陵王。海陵王自殘骨肉，好戰而惡虐，卻對於南宋的經史頗爲傾羨，往往讀之而終身不忘。因此，其對於江南衣冠之盛，是寤寐以求的。爲了得到這些，他遷都燕京，並改元貞元（1153）。然因爲太過好戰、殘暴而大失民心，遂被叛將所殺。

此時曹國公烏祿（又稱葛王），已受眾擁而即位於宣政殿，是爲金世宗，改正隆六年爲大定元年（1161），趙周臣就約出生在此改朝換代之際。

金世宗完顏雍，是金皇朝中一位開明的賢君。《大金國志・世宗聖明皇帝

〔註1〕見《閑閑老人滏水文集》，台北：台灣商務印書館（四部叢刊初編本），卷十四〈總論〉。

下》中云：「世宗寬仁愛人，雅有大度，歷視兩朝，親見干戈之荼毒，崎嶇日久，人頗厭之。中原百姓，不堪海陵王之虐，而大名王友直之徒相繼並起，以興宋爲辭，遼東、渤海之眾，服其賢厚。」〔註 2〕故世宗乃爲金皇朝中的一位賢君，他在位二十九年，除了即位初，繼海陵王所挑起與南宋的戰役外，大定四年（1164）與南宋議和後，終其世無興兵戎。其把一生精力，都用在建設國家上面。

金世宗爲鞏固自己的政權，懂得利用實施各種仁政以收買人心，也頗有唐太宗的仁風；他經常與群臣論治，行動上也是樸質而節約；在金代九位君王當中，世宗可稱爲最賢者，號爲「小堯舜」。因此，在趙氏三十歲以前，天下都是安穩而太平的。故云：「大定、明昌間，朝廷清明，天下無事。」〔註 3〕

繼世宗之位的皇太孫完顏璟（原名瑪達格），是皇太子完顏允恭之子，是爲金章宗。章宗原本性好儒學，善屬文，寬裕溫和，朝野對其皆寄以厚望。但登位不久，性情大變，轉好聲色犬馬，大列妓樂縱情逸樂。對於家國大事則無心過問，成日與朝臣文士聚而飲之，酒酣耳熱之際便賞月賦詩，不盡興不絕。

彼時政令不修，人心浮動，宗室遂有密謀廢章宗而擁立鄭王允蹈者；惜事跡敗露，鄭王被誅，其子愛王便據五國城叛變，聯合蒙古兵殺金人。鐵木眞正崛起於北方，對於金國懷恨已久，焉有不興師報復之理？

自此，引狼入室，韃靼不但屢次擾邊，且已深入境內。大興府以北，千里蕭條，桑耕俱廢。金章宗在位十九年，有十八年以上都在荒嬉中度過，金朝焉能不衰？而此時趙秉文也年過半百，面對政亂，也只能無奈興嘆。

金章宗去世之後，群臣共推世宗第七子完顏允濟爲帝。是爲衛紹王，改元大安元年（1209）。衛紹王一共在位五年，改元三次，初名大安，再改崇慶，最後改至寧，但政亂依舊。大安三年，鐵木眞大舉南侵，金國四十萬眾被蒙古兵打垮，敵兵直入居庸關，距燕京只一百八十里。金兵死者蔽野塞外。此後大小戰役不絕。

金國動亂，名將胡沙虎囚衛紹王欲自立，然自知終非宗室無以正名天下，遂迎豐王完顏珣至燕京即皇位，是爲宣宗。金宣宗即位後，改至寧元年爲貞

〔註 2〕宋・宇文懋昭撰，《大金國志校正》，北京：中華書局（崔文印校正本），1986年，〈卷十八〉。

〔註 3〕《文集》，卷十二〈張公神道碑〉。

祐元年。胡沙虎遂命內侍李監成殺衛紹王於王府，宣宗亦降封衛紹王為東海郡侯，又追復衛王，諡「紹」。

時蒙古軍仍猖，金兵大敗於外，朮虎高琪為自保，斬殺胡沙虎。後蒙古議和，金宣宗遷都汴京卻又挑起蒙古不滿。蒙古再犯，兵入燕京，吏民死傷者甚眾，宮室為亂兵所焚，月餘不滅。

金皇朝至此，幾無一寧日，連南宋也漸藐視金國。宣宗在顛沛流離中做了十一年的大金皇帝，其後便駕崩，由太子完顏守緒繼承大位，是為哀宗，改元正大元年（1224）。

到了金哀宗時代，國勢已江河日下，雖未土崩瓦解，但已近沒落之時。哀宗是宣宗第三子，少嗜讀書，長而博學，才藻既富，尤擅文章。惜乎其生在干戈遍地，瀕臨末日之時，即便其才華卓絕，亦有生不逢時之嘆。正大六年（1229），蒙古窩闊臺又大舉侵金，是蒙古第二次大規模侵擾。天興元年（1232）又再度引兵圍攻汴京，城內糧盡援絕，甚至有駭人之互食慘狀。是年五月，趙氏即卒。金朝至此已經欲振乏力。至天興三年，終於滅亡。

時代對於一位文人的成長與創作，有著絕對的密切關係。趙周臣親睹國家從全盛淪落到戰亂頻仍，甚至瀕臨亡國，故筆調也隨之由歌頌太平轉而描述現實，其所處之年代，不僅是金朝由盛轉衰的歷程，而他也是文學傳承的關鍵人物。

二、文學思潮

大部分的人對金代文學都較為陌生，充其量只知道那是一個來自北方民族的某些創作而已。一如胡傳志在《金代文學研究》「金代文學的特徵和地位」一節中所云：「金源文學成就不及宋代，特色不及元代。」〔註 4〕因此，許多中國文學史專著在提及金代文學時，每止於元好問及其作品而已。事實上，女眞族所建立的金朝，並非一般人概念中的蠻夷之邦，相反的，他們不論是上位者或一般士人，都在努力接受儒家文化，使得整個金代文風鼎盛，作家輩出，別具特色。而趙秉文正是在這樣的文學環境薰陶下的典型人物。

如果說，中國北方文學帶有陽剛雄健的風格，而南方卻偏重陰柔婉約之風的話，那麼，金代文學便可說是兼容南北融會出獨特的氣質。金源上承唐、

〔註 4〕胡傳志，《金代文學研究》，台北：文津出版社，2000 年 5 月，頁 21。

宋，下啓元、明，吸收了遼、宋等國的文化優點，又使異族和中原文化一次次的碰撞統合，形成獨特的文學風情。

大體而言，金代文學分前、中、後三期：

金代前期，是指從建國到海陵王朝末年（1115～1160）。此期百廢待興，文壇蕭索，於是有借重他朝人才以振文風的情形。在位者極力訪求博學雄才之士並且只要能夠歸降者必加攏絡有關，也正因爲君上如此努力，才使「初無文字」的金朝，能夠在短時間之內，汲取眾家之長，迅速提升文化實力。此時的文學作品，因爲作家大多是「南朝詞客北朝臣」的關係，難免有異代思鄉的矛盾情結，但嚴格來說，可觀的作品並不在少數。

至於金代中期，則是從金世宗初年到金室南渡間（1161～1213），這是金代文學發展的黃金階段，此時政治清明，經濟較爲平穩，上位者仍繼續倡導文學，加上政府及民間相繼建立太學、府州學及女眞學校等機構，不斷培養文才，名流輩出，文學能繼遼、宋更加繁盛起來，蔡珪、党懷英、王寂、王庭筠、劉迎、蕭渢、周昂等人，不論詩文均有建樹。這些人士都曾經或多或少影響趙秉文的文學思想與創作風格，是啓迪趙公思想發軔的重要因素。值得注意的是，這個時期幾乎專以歐陽脩、蘇軾爲學習典範，因此文風傾於承繼唐宋古文的優良傳統，也決定了整個金代文學的發展傾向。

金代文學晚期，是指金室南渡至滅亡之間（1214～1234）。自金章宗病逝，衛紹王繼位後，蒙古便大舉攻略，兵燹處處，殺伐不止，文事也因此偏廢不興，文風由崇尙縟靡轉爲刻劃現實的苦難。此時趙秉文與文壇中的重要士人，如：楊雲翼、李純甫、元好問等人，大抵仍繼承中期文風，以蘇、黃一派爲宗，或抒戰亂苦痛，或思如何振興王朝。其中，趙氏更致力於經義名理之學，修正了當時衰退的文風，爲了延續金代文脈而努力。

以散文來說，幾乎所有的金代作家都在不同程度上，繼承了韓愈、柳宗元、歐陽脩、蘇軾等人的優良傳統，遵循唐宋古文運動的道路邁進。從清編《金文最》中研索，我們會發現許多篇章明顯仿自唐宋古文，金代文人甚至以文似唐宋之作而志得意滿，趙秉文正處在如此的文學氣氛當中，其曾以韓愈、歐陽脩自況，也被譽爲「歐陽公再生」，又曾稱讚党懷英「公之文似歐公」，在趙周臣心目中，韓歐的文章是有不能取代的地位的，亦是他爲文的仿效標的。

至於詩、詞、賦方面，金朝也有可觀之處。由於海陵王（1151）時，廢南北選制及經義科，改以詩賦取士，士大夫遂特重之，幾乎所有的當朝文士皆善詩賦。《金史・藝文傳》中，記載了不少以詩詞或賦名噪一時的作家。在詞方面，金初有吳激、蔡松年的「吳蔡體」，為人所稱頌。金代中葉，被譽為「大定、明昌（約 1161～1194）文苑之冠」的王寂，雖然賦作在《拙軒集》中僅剩〈岩蔓聚其賦〉一篇，仍可略窺其昂揚、閒適之趣。金代詩作數量雖遜於大唐，賴《中州集》及清編《金文雅》、《全金詩》的蒐集，猶得以保存不少名作。當時以北宋蘇軾、黃庭堅的作品，最受歡迎，仿作率也最高，趙氏所著之賦，亦專以仿效蘇賦為主，並能遠仿漢賦之氣勢。詩作則效法李白、杜甫，亦因當時的文學風氣所致。

在文學批評理論方面，金代也有不少名家，譬如前期的周昂、中期的王庭筠，在文學評論方面都有論述，他們深深影響趙周臣之文學批評，包含「詩」、「文」的原理論及創作論，主張「文以意為主」；「詩以法各家之長」等等。再加上王若虛主張「以歐、蘇為正派」、「不拘一格」、「力求寫實，寫眞去偽」〔註 5〕的創作論點；以及文法《莊子》、《左傳》的李純甫，其所秉持之「自成一家，勿隨他人腳步」〔註 6〕的寫作理念。趙、王、李這三家，是文壇主張「師古」以救金代中後期浮華弊病的重要文評家，影響深遠，可和明朝「前、後七子」的師古、復古論相互輝映。

總之，在上位者的愛好、提倡下，金代不但是個民族文化的大鎔爐，也已經能夠與中原文化相互輝映。再加上眾多文士的努力耕耘，更兼融儒、釋、道等家之思想，才能使「金代文物遠勝于遼、元」。而趙秉文處中後期，在前代開創奠基下，才能造就此輝煌的文學成就與影響。

第二節　生平與著作

一、生　平

趙秉文在金源一代雖名震一時，但生平事蹟至今可考者並不多，僅見於《金史》卷一一〇〈列傳四十八〉（以下稱《金史》〈本傳〉）及金・元好問〈閑閑老人墓銘〉（以下簡稱〈墓銘〉），再加上元・劉祁《歸潛志》裡的零星記錄，經清人王樹枏整理而成之《閑閑老人年譜》（以下簡稱《年譜》）。趙秉文，字

〔註 5〕元・劉祁，《歸潛志》，北京：中華書局（崔文印點校本），1997 年，卷八。
〔註 6〕《歸潛志》，卷八，或見於《滹南遺老集》，卷三十六〈文辨〉。

周臣，自號閑閑老人〔註 7〕，磁州滏陽（今河北磁縣）人。生於金海陵王正隆四年（1159），即南宋高宗紹興二十九年〔註 8〕，其前代世系無甚可考，《文集》中亦未曾提及。但知其祖名雋，又名甫〔註 9〕。後趙氏顯貴，金哀宗追贈其祖爲正議大夫上輕車都尉天水郡伯，父爲中奉大夫上護軍天水郡候。

趙氏自幼穎悟，讀書若夙習。十七歲參加鄉試，二十七歲登金世宗大定二十五年（1185）進士第〔註 10〕。厥後調安塞（今陝西安塞縣）主簿，此時作品與同一時期的文人學子相同，都在歌功頌德，表現出太平盛世一派悠閒祥和的景象，如〈塞上四首〉、〈春遊四首〉等。沒多久，趙以課最遷邯鄲令，再遷唐山。大定末年，好友王庭筠因在館閣嘗犯贓罪，被迫隱居，趙氏不避忌諱，寫了一首〈寄王處世子端〉〔註 11〕詩，藉以表達關懷慰問之意，王庭

〔註 7〕此據元好問所撰，〈閑閑公墓銘〉（《遺山先生集》，台北：台灣商務印書館，民國 57 年，卷第十七）。趙周臣，《文集》，卷四有〈遂初園八詠〉，其三爲〈閑閑堂〉；卷十三有〈遂初園記〉，其中云：「名其莊曰「歸愚」；闢户而入，名其堂曰「閑閑」……」然則「閑閑」者，本篇堂名。其詩中自稱「閑閑」者凡三，如「尚恨畫中隱，不得招閑閑。」（卷四）〈和淵明歸田園居送潘清客六首〉之一〉、「閑閑吏隱官蓬萊」（卷四〈汾陰祠后土〉）、「醉吟吟後無吟者，又得閑閑一首詩。」（卷七〈過石氏園〉）文章中亦有之，如「閑閑老人得而樂之……」（卷十三〈遂初園記〉）、「適甚爲賦，閑閑老人笑曰……」（卷二〈反小山賦〉序）、「以告閑閑居士曰……」（卷二〈拙軒賦〉）案：「閑閑」二字，本出於《莊子・齊物論》：「大知閑閑，小知閒閒。」成玄英疏云：「閑閑，寬裕也。閒閒，分別也。夫智惠寬大之人，率性虛淡，無是無非；小知狹劣之人，性靈褊促，有取有捨。有取有捨，故閒隔而分別；無是無非，故閑暇而寬裕也。」陸德明《經典釋文》云：「閑閑，李云：無所容貌。簡文云：廣博之貌。」趙秉文蓋取此意。

〔註 8〕此據〈墓銘〉所記曰：「……用是得疾，以（天興元年）夏五月十有二日，春秋七十有四終於私地之正寢……」推知。《金史》本傳、清人錢大昕《疑年錄》（卷二）、翁方綱《元遺山先生年譜》（台北：新文豐出版社，民國 74 年，卷一）、王樹枏，《年譜》，《陶廬叢刻二十六種・閑閑老人詩集》（附年譜二卷，目錄二卷，清光緒——民國年間新城王氏刊本），1875 年）皆同。《歸潛志》則稍異。

〔註 9〕〈墓銘〉則作「祖諱某……考諱某……李右司誌其墓，述先世以來祥矣。」考李右司之墓誌應已佚。此據王氏《年譜》：「案：《遺山先生集》所載〈閑閑公墓銘〉俱作祖諱某考諱某，軼其名。此據鈔本《文集》後所附墓銘載入，當是其時刻石之文也。」案：畿輔叢書本、汲古閣本、九金人集本《文集》後所附〈墓銘〉與之同。

〔註10〕此據《文集》，卷十三〈學道齋記〉，〈墓銘〉亦同。

〔註11〕詩曰：「寄語雪溪王處士，年來多病復如何？浮雲世態紛紛變，秋草人情日日疎。李白一盃人影月，鄭虔三絕畫詩書，情知不得文章力，乞與黃華作隱居。」

筠讀後讚曰：「非作千首，其工夫不至是也。」〔註12〕可知未滿而立的趙周臣，文學功力已具，該詩也算是其成名之作。

大定二十八年（1188）三十歲時丁父憂〔註13〕，居喪三年。既除服，同薦者及提刑司廉舉起復，充南京路轉運司都句判官。翌年又丁母憂，章宗明昌五年（1194），服闋，明昌六年，因翰林修撰王庭筠舉薦，起復入爲應奉翰林文字，同知制誥〔註14〕。章宗承世宗，治平日久，宇內小康。乃正禮樂，修刑法，定官制。典章文物，粲然有制〔註15〕。章宗即位後，即封宮女李師兒爲「淑妃」，後又進封爲「元妃」，而勢位烜赫，幾侔皇后，且全家顯貴，勢傾朝廷，風采動四方。於是射利競進之徒，爭趨其門，胥持國即攀附以致宰相〔註16〕；是以朝綱不正，軍民胥怨。趙秉文剛入朝廷，見此情事，上書疾陳宰相胥持國當罷，宗室完顏守貞可大用；又言刑獄征伐之種種弊端，認爲國之大政，自古未有君以爲可，大臣以爲不可而可行者〔註17〕。章宗召問，趙氏則與上書所陳殊異，於是命有司鞫問之。趙初不肯一言，詰其僕，歷數交遊者，乃言曰：「初欲上言，嘗與修撰王庭筠、御史周昂、省令史潘豹、鄭贊道、高坦等私議。」於是秉文與庭筠等皆下獄，決罰有差。有司論秉文上書狂妄，當追解。但章宗不欲以言罪人，遂特赦免〔註18〕。時人爲之語曰：「古

〔註12〕《歸潛志》，卷八。

〔註13〕此據王氏《年譜》。

〔註14〕〈墓銘〉只云：「用薦者起復」。《歸潛志》，卷十則曰：「初，趙秉文由外官爲王庭筠所薦，入翰林。」

〔註15〕《金史》，卷十二〈章宗本紀四・贊〉。

〔註16〕詳見元・脱克脱等撰，《金史》，台北：中華書局（四部備要，史部，據武英殿本校刊），民國54年11月，卷六十四〈后妃列傳・下〉。

〔註17〕語見〈墓銘〉。

〔註18〕見《金史》本傳。《歸潛志》，卷十亦載此事云：「初，趙秉文由外官爲王庭筠所薦，入翰林。既受職，遽上言云：『願陛下進君子，退小人。』上召入宮，使內侍問：『當今君子小人爲誰？』」秉文對：『君子，故相完顏（守）貞；小人，今參政胥持國也。』上復使詰問：『汝何以知此二人爲君子小人？』秉文惶迫不能對，但言：『臣新自外來，聞朝廷士大夫議論如此。』時上厭守貞直言，由宰相出，留守東京。嚮持國諂諛，驟爲執政。聞之大怒，因窮治其事。收王庭筠等俱下吏。且搜索所作譏諷文字，復無所得，獨省掾周昂〈送路鐸外補詩〉有云：『龍移鰌鱔舞，日落鴟梟嘯。未須發三歎，但可付一笑。』頗涉譏諷。奏聞，上怒曰：『此政謂世宗升遐而朕嗣位也。』大臣皆懼，罪在不可測。參知政事孫公鐸從容言于上曰：『古之人臣，亦有擬爲龍爲日者，如孔明臥龍、荀氏八龍、趙衰冬日、趙盾夏日，宜無他。』于是上意稍解。翌日有旨，庭筠坐舉秉文，昂坐譏諷，各杖七十，左貶外官。秉文狂愚，爲人所

有朱雲，今有秉文。朱雲攀檻，秉文攀人。」〔註 19〕承安元年（1196），其年三十八，復起爲同知岢嵐軍州事，岢嵐爲一邊塞荒村，故名雖復起，實則貶謫。此去殆五年，趙氏在岢嵐，生活艱難，怏怏不樂。

直至承安五年（1200），轉北京（今遼寧）轉運司度支判官。是年冬十月，陰晦連日，宰相張萬公入對，上顧謂萬公曰：「卿悀悀晦冥，亦猶人君用人，邪正不分者，極有理。若趙秉文茲以言降授，聞其人有才具，又且敢言，朕非棄不用，以北邊軍事方興，姑試之耳。」趙此時得調內地，心中甚喜，猶自死地生還然，因路經恒山而詠其情曰：「負時身九死，去國淚雙痕。日近趨天闕，生還託聖恩。」〔註 20〕前二句回憶貶謫岢嵐時，後二句則爲今情〔註 21〕。是年，子似生。〔註 22〕

泰和二年（1202），改戶部主事，遷翰林修撰。自此，任朝官數年，內外無事，故詩作多歌功頌德或敘皇帝遊獵之類。如：卷二的〈春水行〉、卷三的〈扈從行〉以及卷七的〈扈蹕萬寧宮〉、〈金蓮川〉等皆是此時作品。

泰和六年（1206）五月，南宋發兵北侵。十月，金大舉伐宋，趙周臣從焉。因其爲一代文宗，凡諸謝表，皆出其手。泰和八年，章宗死。由世宗七子允濟嗣位，是爲衛紹王。是時，金源之衰象已著。政亂於內，共敗於外，其滅亡已有徵矣〔註 23〕。蒙古鐵木真已於泰和六年即帝位，稱成吉思汗，統一漠北，組成大蒙古體系，正在加緊準備伐金〔註 24〕。衛紹王大安元年（1209），趙爲寧邊州（今內蒙古清水河縣西南）刺史。二年改刺平定州（今

教，止以本等外補。」……故人爲之語，有『不攀欄檻只攀人』之句。

〔註 19〕《漢書》，卷六十七〈朱雲傳〉：「至成帝時，丞相故安昌侯張禹，以帝師位特進，甚尊重。雲上書求見，公卿在前，雲曰：『今朝廷大臣，上不能匡主，下無以益民，皆尸位素餐。孔子所謂鄙夫不可與事君，苟患失之，無所不至者也。臣願賜尚力斬馬劍，斷佞臣一人，以厲其餘。』上問：『誰也？』對曰：『安昌侯張禹。』上大怒曰：『小臣居下訕上。廷辱師傅，罪死不赦。』御史將雲下，雲攀殿檻，檻折。雲呼曰：『臣得下從龍逢比干遊於地下，足矣。未知聖朝何如耳。』御史遂將雲去。」今以趙秉文相比，秉文確不如朱雲之剛直不畏。士大夫莫不恥之，坐是免官。

〔註 20〕《文集》，卷六〈謁北嶽〉。

〔註 21〕見〈墓銘〉。

〔註 22〕《文集》，卷三〈冬至〉詩中有云：「行年四十二，始有此兒子」。

〔註 23〕《金史》，卷十三〈衛紹王紀・贊〉。

〔註 24〕詳見李則芬著，《宋遼金元歷史論文集》，台北：黎明文化事業，民國 80 年 11 月，〈遼金興亡概述〉，第七「哀宗亡國」一節。

山西平定）〔註 25〕，前任刺史暴酷，盜賊無分大小皆掊殺於赦前，雖用重典，然盜愈繁；趙氏為政寬厚，以仁德為教，不旬月，盜賊屏跡，終任無犯者。其亦於此建湧雲樓，閒暇則登樓賦詩。其集中詩文多此時所作，如：卷六的〈湧雲樓雨〉，卷十三〈湧雲樓記〉及卷二的〈游懸泉賦〉等皆是。

大安三年（1211），蒙古發兵南下。衛紹王召趙等論邊策。趙曰：「今我軍聚於宣德（今河北宣化）城下，列營其外。涉暑雨，器械弛敗，人且病。迨秋，敵至，將不利矣。可遣臨潢一軍擣其虛，則山西之圍可解。兵法所謂出其不意，攻其必救者也。」惜王不用。秋九月，金兵果大敗，於會河堡潰不成軍，居庸關失守，中都戒嚴。〔註 26〕

崇慶元年（1212），「歲饑，出俸粟為豪民倡，以賑貧乏，賴以全活者眾。」其又入為兵部郎中兼翰林修撰，尋提點司天臺。〔註 27〕

至寧元年（1213），「崇慶二年春，太白經天，公上奏：『歲八月當有人更王之變。』當國者以為妖言，置章不通，及期，王出居衛邸，如公言。」〔註 28〕此事指右副元帥紇石烈執中發動政變，殺衛紹王，迎立翼王，是為宣宗。九月即位，改元貞祐。未幾，執中又為部下朮虎高琪所殺。宣宗赦朮虎高琪罪，且以為左副元帥。宮廷迭滋變亂，正可反映當時金朝氣數已盡，也可看出趙周臣對於天文頗有研究，可惜秉國者置之不理，令他頗有「自量於世終無補」〔註 29〕的感慨。

貞祐四年（1216），除翰林侍講學士。興定元年（1217），轉侍讀學士，與朮虎高琪起了正面的衝突，《歸潛志》記載，興定初年，朮虎高琪惡士大夫，故有罪輒箠杖，趙因坐誤糧草被杖四十，公極怒憤。此事挫敗了周臣的自尊，令他久久不能釋懷。興定三年，同提舉榷貨司王三錫請將油列為公

〔註 25〕此據〈墓銘〉：「出為寧邊州（今蒙古清水河縣溪南）刺史」及《黃河九昭》：「大安元年，出守寧邊。」《金史》〈本傳〉則言：「泰和二年，召為戶部主事，遷翰林修撰。十月，出為寧邊州刺史。三年，改平定州。」疑誤。《年譜》則曰：「案《史傳》作三年改平定周，又繫之太和之下，誤之又誤者也，本集（《滏水集》）〈湧雲樓記〉云：『大安二年四月，余來平定』與〈墓銘〉合，但〈墓銘〉序之於元兵南嚮之後，為失其次耳。」

〔註 26〕此事見於〈墓銘〉，乃元好問刻意突顯周臣在兵家方面亦有涉獵，非所謂一介儒生。

〔註 27〕〈墓銘〉：「入為兵部郎中兼翰林修撰，俄題點司天台。」

〔註 28〕〈墓銘〉。

〔註 29〕《文集》，卷十三〈遂初園記〉。

賣，由高琪主導此事，獨趙氏與楊雲翼等，不畏權勢的聯名抵制這件擾民之舉，如此一來更加深了彼此的仇隙〔註 30〕。四年，拜禮部尚書，兼前職，同修國史，如集賢院事。是年九月，誅朮虎高琪，趙氏認爲世上大害已除，作詩曰：「……埋魂九地低，壓以泰山坻。然後天下人，頗得伸其眉。寄言顚越者，毋得育種遺。」〔註 31〕

興定五年，知貢舉，取進士盧亞重用韻，削兩階〔註 32〕。因請致仕，宣宗許之曰：「卿嘗告老，今遂之也。」然其雖賦閑，宣宗禮遇不少衰，時遣中使問其起居。不數月〔註 33〕復起爲禮部尚書，兼官如故。此時復用，乃以其文享盛名之故。趙周臣以爲身受厚恩，無以爲報，故以「開忠言，廣聖慮」爲己任，每進見，從容勸諫宣宗宜儉勤並愼兵刑。哀宗正大元年（1224），開博學宏詞科，趙氏爲監事官，元好問於興定元年進士及第，又於是年在汴京應試宏詞科，中選，授儒林郎權國史編修官，得從趙遊，這兩位金朝歷史上的大作家在此時得以交往，意義非凡。是年周臣再乞致仕，哀宗不許。改翰林學士，同修國史。

此時，趙已年老氣衰，且彼以文學名一世，於吏事則非所長〔註 34〕，故

〔註 30〕《金史》〈宣宗本紀〉：興定三年夏四月「同提舉榷貨司王三錫請榷油，歲可入銀數萬兩，高琪主之，眾以爲不便，遂止。」《金史》〈列傳四十五〉：「同提舉榷貨司王三錫建議榷油，高琪以用度方急，勸上行之……汝礪上言曰……上是之，然重違高琪意，乃詔集百官議於尚書省。户部尚書高夔、工部侍郎粘割荊山、知開封府事溫迪罕二十等二十六人議同高琪，禮部尚書楊雲翼、翰林侍讀學士趙秉文、南京路轉運使趙瑄、吏部侍郎趙伯成、刑部郎中姬世英、右司諫郭著、提舉倉場使時戩皆以爲不可。」

〔註 31〕趙氏與高琪之間，尚有一段私怨。故高受誅，於公於私，皆趙一大快事。《歸潛志》，卷八云：「興定初，朮虎高琪爲相，惡士大夫，有罪輒以軍儲論加箠杖，在位者往往被其苦。俄命趙公攝南京轉運司。未幾，果坐誤糧草事當杖，既奏，宣宗曰：『學士豈當箠邪？』高琪曰：『不然無以戒後。』遂杖四十，公大憤焉。其後高琪誅，詔當公筆，首曰：『君臣分嚴，無將之罪莫大；夫婦義重，不睦之刑何逃？曾是一身，兼此二惡。』人謂趙公之仇雪矣。」案：文集失此詔文。

〔註 32〕此事見《金史》，卷一〇〇〈列傳三十八・李復亨傳〉：「復亨有會計才，號能吏，當時推服，故驟至通顯。既執政，頗矜持，以私自營，譽望頓減。五年三月，廷試進士，復亨監試。進士盧元謬誤，濫放及第。讀卷官禮部尚書趙秉文、翰林待制崔禧、歸德治中時戩、應奉翰林文字程嘉善當奪三官降職，復亨當奪兩官。趙秉文嘗請致仕，宣宗憐其老，降兩階，以禮部尚書致仕。」

〔註 33〕〈墓銘〉作「不數日」，此據王氏《年譜》改。

〔註 34〕《歸潛志》，卷八。

常有退隱之心，然人在朝廷，身不由己。加上正大以來，政治局勢動盪不安，周臣退而著述。正大二年，與楊雲翼共同完成《龜鑑萬年錄》〔註 35〕。三年，又與楊雲翼共寫成《君臣政要》一書，期對朝政作出具體貢獻。同年，出使夏國，原本以爲秉文此次出使必能受賞榮歸，惜人未到夏邊境，就受命而返。〔註 36〕

金朝政局至此已極不穩定，正大六年（1229），蒙古窩闊臺嗣位不久即親率大軍伐金，是爲蒙古第二次大規模侵金。九年春，圍汴京，遣使諭降書，且指名求索趙秉文、孔元措〔註 37〕等二十七人。金遣曹王額爾克出質。四月，汴京解嚴。先是，正月改元開興，趙秉文草〈開興改元詔〉〔註 38〕，閭巷間皆能傳誦，洛陽人讀詔畢，舉城痛哭。及蒙古兵退，大臣欲稱賀，且命趙秉文爲表。趙公曰：「今園陵如此，酌之以禮，當慰不當賀。」此舉遂已〔註 39〕。〈墓銘〉云：「時公已老，日以時事爲憂，雖食息頃不能忘。每聞一事可便民、一士可擢用，大則奏章；小則爲當路者言。殷勤鄭重，不能自已。竟用是得疾……時軍國多故，賻祭不及。大夫士相弔，閭閻細民亦知有邦國殄瘁之歎。越二日，權殯開陽門外二百步，有待也。」是年五月十二日，卒於家，年七十有四。〔註 40〕

他去世以後，哀宗出汴京走歸德。尋崔立以汴京降。天興三年（1234），哀宗又遷蔡州，受蒙、宋夾攻，域陷，哀宗縊死。金亡。

大致說來，趙周臣之文，出於義理之學，所以長於辨析，暢所欲言，不以繩墨自拘。他的七言長詩，筆勢縱放，不拘一律；律詩壯麗，小詩精絕〔註 41〕，大多是近體形式；至於五言，則沉鬱頓挫似阮嗣宗，眞淳古淡如陶淵明。趙亦善書法，草書尤遒勁，有魏晉風調。

〔註 35〕《金史金》〈哀宗本紀〉：「正大二年冬，趙同楊之美作《龜鑑萬年錄》。」

〔註 36〕《歸潛志》，卷九：「正大初，朝廷以夏國爲北兵所廢，將立新主，以趙公年德俱高，且中朝名士，遂命入使冊之。既行，館閣諸公以爲趙公此行必厚獲，蓋趙素清貧也。至界上，朝議罷其事，飛驛卒遣追回。……後朝野喧傳，以爲笑談。」

〔註 37〕孔元措爲孔子五十一代孫。

〔註 38〕該文文集失載。

〔註 39〕詳見《金史》〈本傳〉。

〔註 40〕此從〈墓銘〉。《金史》本傳、《疑年錄》、翁氏《元遺山先生年譜》、王氏《年譜》俱從焉。獨《歸潛志》，卷一云：「天興改元夏四月（今本則鮑氏改爲五月）卒，年七十三。」

〔註 41〕〈墓銘〉。

他曾仕世宗、章宗、東海郡侯、宣宗，及哀宗五朝，官六卿。《金史》曰：「楊雲翼、趙秉文，金士巨擘，其文墨論議以及政事皆有足傳。雲翼諫伐宋一疏，宣宗雖不見聽，此心何愧景略。庭筠之累，秉文所爲，玆事大愧高允。」〔註 42〕趙氏主盟金代文壇，引領風騷近三十年。元好問說他：「周旋於正廣道宗平叔之間，而獨能紹聖學之絕業；斂避於蔡無可党竹溪之後，而竟推爲斯文之主盟。……公之道德文章，師表一世。」〔註 43〕可爲其一生成就之總論。

二、專　著

趙秉文生活簡素，不好聲色之娛，自幼至老，手不釋卷。勤於創作，著作豐富，多達二十五種，凡經、史、詩、文，無不賅備〔註 44〕。可考者，有《易叢說》十卷、《中庸說》一卷、《中庸說解》一卷、《揚子發微》一卷、《太玄箋贊》六卷、《素問標注》〔註 45〕、《文中子類說》（即《中說類解》）一卷、《南華略釋》一卷、《老子解》〔註 46〕、《列子補註》一卷、《刪集論語孟子》十卷、《資暇錄》十五卷、《百里指南》一卷。與楊雲翼同著之《龜鑑萬年錄》、《君臣政要》、《貞觀政要申鑑》；與高汝灑、張行簡同修《章宗實錄》。所著詩文集名《滏水集》，三十卷，今傳本僅二十卷，另有《閑閑外集》一編〔註 47〕。但目前可以見到的只有《滏水集》一書，以及《道德眞經集解》中關於其對《道德經》的二十六條論述而已。

三、詞　詩

金朝以詞賦取士，幾乎所有文士皆能詠詞，初期有由宋入金的吳激及蔡松年，可以視爲金詞的開拓者，號爲「吳蔡體」。蔡松年又曾爲辛棄疾及党懷

〔註 42〕《金史》〈本傳〉。

〔註 43〕《遺山先生文集》，卷第三十八〈閑閑眞贊二首〉。

〔註 44〕據楊家駱編纂，《新補金史藝文志》統計，除詩文別集《滏水集》三十卷外，經部六種、史部五種、子部七種、集部兩種、政論四種。

〔註 45〕此書〈墓銘〉等均不錄。唯見於《歸潛志》。

〔註 46〕《老子解》中趙秉文所解經之部分內容，可見於《道德眞經集解》四卷中。

〔註 47〕《歸潛志》卷九言之甚詳，云：「趙閑閑本喜佛學，然方之屛山，頗畏士論，又欲得扶教傳道之名，晚年自擇其文，凡主張佛老二家者皆削去，號《滏水集》，首以中、和、誠諸說冠之，以擬退之原道、性。楊禮部之美爲序，直推其繼韓、歐。然其爲二家所作文，并其葛藤詩句，另作一編，號《閑閑外集》，以書與少林寺長老英粹中，使刊之。故二集皆行於世。」

英之師，故稼軒詞與金源詞有一定程度的關聯。因此，金詞源自北宋，而與南宋詞各在不同的環境中茁壯。

金代詞家眾多，詞作如林，以整體風格而論，自然地引入北方的語言及音韻特色，傾向繼承「蘇、辛」豪放派的詞風，相較於南宋詞較重視精工典雅，金源詞則更顯率真疏放、清朗而方剛。清・徐釚《詞苑叢談》亦云：「元遺山及金人詞爲《中州樂府》，頗多深裘大馬之作。」〔註48〕

今觀趙之詞，風格多樣，然多模擬，尤其是東坡之作，不論是風格或氣質，皆十分接近，試舉〈大江東去〉一詞爲例：

> 秋光一片，問蒼蒼桂影，其中何物？一葉扁舟波萬頃，四顧粘天無壁。叩枻長歌，嫦娥欲下，萬里揮冰雪。京塵千丈，可能容此人傑。回首赤壁磯邊，騎鯨人去，幾度山花發。澹澹長空千古夢，只有歸鴻明滅。我欲從公，乘風歸去，散此麒麟髮。三山安在？玉簫吹斷明月。

吾人不難發現前半闋詞籠罩在一種奇幻瑰麗的情景中，利用吳剛伐桂、嫦娥奔月的神話引起讀者無限的遐想；後半闋則自豪地以東坡自況，感嘆二人皆爲仙界中人，卻墜落塵俗，而以「我欲從公，乘風歸去」表明渴望追隨坡公，更憑添了飄逸神妙之致。《詞苑叢談》評曰：「雄壯震動，有渴驥怒猊之勢，元好問爲之題跋，而詞亦壯偉不羈，視大江東去，信在伯仲之間，可謂詞翰兩絕。」〔註49〕

又如〈青杏兒〉：

> 風雨替花愁，風雨罷，花也應休。勸君莫惜花前醉，今年花謝，明年花謝，白了人頭。　乘興兩三甌，揀溪山，好處追遊。但教有酒身無事，有花也好，無花也好，選甚春秋？

〔註48〕徐釚撰，《詞苑叢談》，台北：台灣商務印書館（四庫全書本），民國72年6月，卷四〈品藻二〉。

〔註49〕亦見於李日華，《六研齋筆記》，卷三：「余得其擘窠書自作〈和東坡赤壁賦〉稿，雄快震動，有有渴驥怒猊之勢，而詞亦壯偉不羈，視〈大江東去〉信在伯仲間，可謂詞翰兩絕者。……元遺山提云：『夏口之戰，古今喜備道之。東坡〈赤壁〉詞，殆戲以周郎自況也。詞才百許言，而江山人物之勝，無復餘蘊，宜其號樂府中絕唱。閑閑公以先語追和之，非特詞氣放逸，絕去翰墨畦畛，其字畫亦無愧也……。』商挺題云：『東坡〈赤壁〉詞，閑閑公追和，書于玉堂之署，遺山謂坡詞樂府中絕唱，閑閑謂爲仙語，題評已竟，欲復何言。前代風流，可敬可慕。東坡之後而有閑閑，閑閑之後有遺山，未卜他日知遺山者，復何人耶？』」

此詞風格又與〈大江東去〉迥異，前半闋以外表美麗，生命卻短暫的花朵爲人生之喻，訴說花開花落之際，人亦隨之凋零；後半闋則描繪出一幅歡愉暢遊的景象，並勸人忘卻俗塵，莫管花開花謝、有花無花，充分顯現出趙周臣對於自在神仙生活的嚮往。採以白描平述的方式，不加用典即現疏快流利的詞風，正如況夔笙所云：「此詞幾於無復筆墨痕跡可尋。」

綜論其之詞作，屬典型「文人之詞」，但又不失北方俊逸之風範，即使是屬典雅之作亦帶有剛健之氣。可惜的是，趙之詞作流傳至今者並不多，總計約十首而已。〔註 50〕

至於詩學方面，其對於蘇東坡與黃庭堅的態度，既不一概否定，亦不似王若虛般的「揚蘇抑黃」，而是採取既敬重又各有批評的態度，並將重點專指摘江西詩派後學流弊之上，更影響了金末元時的詩學批評體系，詳見「趙秉文文學理論」一章。

總地看來，趙氏詩作內容多樣，風格亦多變，也是至今所存數量最多的一種文學創作〔註 51〕。綜合鄭靖時與洪光勳兩位先生研究歸納後，可以分類爲：

1. **抒情感懷**：此類數量頗多，約一百六十餘首，素材多樣，有述己身世親情，亦有感懷或歸隱思鄉之作。
2. **社會寫實**：即感實紀事之作，以寫民生及征戰之苦爲主。
3. **記遊寫景**：專記山水名勝。
4. **寺廟遊仙**：其中包含關於描摹與遊時之感與吟詠等。
5. **題畫論書**：包含題畫詩、題扇頭或題象詩。有純粹描寫畫中景物者，亦有寫景以寄情寓意，寫特殊典故與故事，兼論畫家及畫技等。
6. **唱和模擬**：趙周臣名傾一時，以文會友，應酬唱和在所難免，故此類作達百首以上，內容亦多元；至於模擬詩以和陶淵明最多，韋蘇州爲其次。

至於詳細的品評及鑑賞，洪光勳先生於民國七十五年台大中研所碩士論文《趙秉文詩研究》中，有諸多介紹分析，此處不再贅述。

〔註 50〕鄭靖時云：「秉文詞僅存六闋」。然今檢《文集》及《全金元詞》（周泳先輯）有十首之多。其中有〈大江東去〉、〈青杏兒〉、〈梅花引〉、〈水調歌頭〉、〈缺月桂疏桐〉、〈秦樓月〉六首出自《中州樂府》；〈漁歌子〉二首，出於《文集》，卷三；〈滿庭芳〉一首附於《遺山樂府》。

〔註 51〕關於各式體裁的統計與版本差異，詳見本論文附錄二「篇目整理」。

四、辭　賦

因考試制度之故，金元賦學理應繁榮興盛，然現存賦作並不算多，總計約有十家，三十餘篇而已。許結《中國辭賦發展史》中將金源賦壇分爲兩期：前期是燕京時期，即海陵王至金宣宗貞祐二年（1214）間，是「律賦」創作的繁榮期；後期則是南渡以後的汴京時期，是爲「古賦」創作的興盛時期，許結認爲：「在這一歷史階段（指後期），趙秉文是南渡前已聞名於世，南渡後與楊雲翼迭掌文柄二十年的賦家，起了銜接『燕京』、『汴京』兩個時期文學的作用。」〔註 52〕據此，可以說明趙氏在金賦中所扮演的重要角色。鞏克昌更直接認爲趙秉文是金代賦家中成就最大的一位〔註 53〕，姑且不論是否指其存賦數量最多而言，趙周臣在賦壇中的影響及地位都是不可輕忽的。

文集中現存騷辭十首〔註 54〕，賦十四首，是所有金代文人之冠，其大多透過自然幻變來抒發自己對於佛老生死觀或政治抱負感慨。許結論爲：「遠仿漢賦之氣勢，近取蘇賦之境界。」今迻錄卷二〈心靜天地之鑑賦〉一段以證之：

> 無營則萬境俱遠，有蔽則纖毫莫睹，鑑明則塵垢不止。心則喻如，心靜則天地流通，鑑斯有取，若乃宇有泰定，神無坐馳，是非不得以物累，利害不能以物移。明則遠矣，鑑無近思，艮以止之。鍵五基而不亂，復其見也，洞萬象以無遺，由是照燭無疆，眇綿作炳，造化無以遁其迹，洪纖無以逃其景。良由體道之沖，宅心以靜，何思何慮，守一性之宮庭，不將不迎，納萬殊之光景。今夫五色亂目，不見華泰之形；五音亂耳，不聞雷霆之聲。我是以神宇定兮，慮而不屈，心源瀹兮。靜之徐清，天地不能外其照，日月不足況其明。……

五、其　他

趙氏多才多藝，除了文學領域以外，書畫方面亦爲金代翹楚，與党懷英可並稱雙璧，楊雲翼甚譽之可與書聖王羲之相比〔註 55〕。《歸潛志》亦云：

〔註 52〕郭維森、許結著，《中國辭賦發展史》，江蘇：江蘇教育出版社，1996 年 8 月，第八節〈金賦創作概述〉，頁 630。

〔註 53〕《東方論壇》，2001 年第三期〈中國賦體研究總論〉。

〔註 54〕《文集》，卷一〈黃河九昭〉之九首，及〈詠歸辭〉一首。

〔註 55〕《中州集》，台北：鼎文書局，民國 62 年 9 月，卷四〈閑閑公爲上清宮道士

> 閑閑平日字畫工夫最深，詩其次，又其次散文也。嘗語余曰：「今日後進中，作文者頗有三、二人，至吟詩者絕少，字畫亦無也。」以是知公之所長。

又因其字畫卓越，且名重一時，以致當時求書者絡繹不絕，《歸潛志》記載趙周臣苦於求書者眾，索性在自宅門口書「老漢不寫字」五字，以婉拒眾人。雖其書畫頗盛於當時，然今可見者亦不多，所幸今日故宮還珍藏有他的墨寶〈趙霖畫六駿圖跋〉一幅。〔註56〕

他的書法傳承自兩大家，一爲蘇東坡，一爲米芾，這也是金人習書的普遍習慣，其字體亦融合了李白、張旭、鍾、張諸體等，形成獨特的風格〔註57〕，是中國書法史上重要的一環，〈墓銘〉中曰：「字畫則有魏晉以來之風調，而草書尤驚絕，殆天機所到，非學能至。」又云：「閑閑公書如本色頭陀，學至無學，橫說豎說，無非般若。」可見其書畫深受當代敬重推崇。

文集中亦有不少品評前人書畫的作品，如卷二十〈跋米元章多景樓詩〉評米芾之書云：

> 海岳老人書，唯華陀帖與多景樓詩，最爲豪放。偃然如枯松之臥澗壑，截然如快劍之斫蛟鼉，奮然如龍蛇之起陸，矯然如鵰鶚之盤空。烏獲而扛鼎，不足以比其雄且壯也；養由基之貫七札，不足以比其沉著痛快也。……鍾王之清潤，歐虞之簡潔，顏柳之端嚴，誠爲鮮儷。至于雄入九軍，氣凌百代而于古今有一日之長，其筆陣之堂堂者乎。

宋代書法家多「尚意」，此篇所評，正是指米元章書法重視瀟灑自然的風格，正如蘇軾所提倡的「我書意造本無法」的口號一樣，因此，趙周臣書法也走向這種重視自我風格的呈現。

第三節　文友後進

趙秉文一生縱橫政治舞台與文壇，故交遊廣泛，其中不乏有名之文士，

寫經並以所養群鵝付之，諸公有詩，某亦同作〉：「會稽筆法老無塵，金代閑閑是後身。只有愛鵝元已盡，舉群還付向來人。」

〔註56〕其他流傳者尚有〈宋朱銳赤壁圖題詞〉，刻本有〈書蘇軾赤壁賦〉等。

〔註57〕《歸潛志》中曰：「公幼年，詩與書皆法子端，後更學太白、東坡，自兼古今諸家興，及晚年書大進。」

如党懷英、楊雲翼、李純甫等。

一、党懷英

党懷英（1134～1211），字世杰，號竹溪，同州馮翊（今陝西大荔）人，父純睦仕爲泰安軍錄事參軍，因遷家至奉符（今山東泰安）。党懷英爲宋初名將党進的十一代孫，少年時與辛棄疾同門讀書，共師亳社劉岩老〔註 58〕，以文章知名。性樂山水，以詩酒自娛。大定十年（1170）進士，任莒州軍事判官，入爲國史館編修官，應奉翰文字，官至翰林學士承旨（即翰林學士之長），算來應是趙周臣亦師亦友的長官。曾奉敕撰修《遼史》。

党氏被世人推爲大定、明章年間文壇盟主，作品不尚虛飾，因事遣詞，對金代文學的發展有一定影響。他具有敏銳的觀察能力和嫻熟的表達技巧，其文平實暢達，不爲尖新奇險之話，趙氏稱其：「公之文似歐公」。其書法被稱爲獨步金代，頌揚金太祖武功的《大金得勝陀頌碑》，即由其篆額。著有《竹溪文集》，趙秉文爲其寫序，然此序文與文集惜已俱亡。

二、楊雲翼

楊雲翼（1170～1228），文學與趙氏齊名，時號「楊、趙」。其字之美，平定樂平（今山西昔陽）人。明昌五年（1194）經義進士第一，後又考中詞賦乙科。興定二年（1218）拜禮部尚書，後轉吏部尚書，可說官運亨通，歷任要職，晚年拜相呼聲極高，只因腿疾未能入相。南渡後與趙周臣迭掌文柄，門生半天下，一時高文大冊，多出其手。學識之廣，三教九流無不通曉，上至經學，下至天文曆法、醫藥數學等等，都稱名家。「元光、正大以來士大夫推公爲中朝第一。」〔註 59〕時人稱之爲「通才」。

其人練達吏事，當禍福榮辱之際，敢於直言極諫。趙秉文因其學問淵博，政事過人，雅重推崇之，而楊雲翼也恭謹事趙〔註 60〕。元好問盛讚「才量之充實，道念之醇正，政術之簡裁，言論之詳盡」，認「惟其視千古而無愧，是以首一代而絕出」〔註 61〕。時人亦有「海內文章選，人中道德師」〔註 62〕之譽。

〔註 58〕一說爲蔡松年。

〔註 59〕見《遺山先生文集》，卷第十八〈內相文獻楊公神道碑〉。

〔註 60〕見《歸潛志》，卷九：「趙翰林周臣爲學士，楊之美爲禮部尚書，二公相得甚歡。蓋楊雖視趙進稍後，且齒少趙，以其學問、政事過人，雅重之，而楊事趙亦謹。」

〔註 61〕見《遺山先生文集》，卷第十八〈內相文獻楊公神道碑〉。

其爲趙秉文《滏水文集》作序，和趙周臣有相同主張，認爲：「學以儒爲正，不純乎儒非學也；文以理主，不根于理非文也」〔註63〕，並迭相詩文酬唱。

楊之美詩作不加藻飾近於平直，卻有工煉平穩之風。其文則與趙相同，皆長于論辯，說理明晰，傳誦爲一時的《諫伐宋書》爲其代表作。金哀宗年間，趙周臣本受命往夏冊封新主，原本館閣諸公以爲趙氏此行必獲賞賜，然至界上，朝議罷其事，飛驛卒遣追回國，徒忙一場。楊雲翼特此給了他一只密封的書信，其中書有一詩，詩曰：

> 中朝人物翰林才，金節煌煌使夏臺，
> 馬上逢人唾珠玉，筆頭到處灑瓊瑰。
> 三封書貸揚州命，半夜碑轟薦福雷，
> 自古書生多薄命，滿頭風雪卻迴來。〔註64〕

除了肯定趙之才華以外，也調侃其失望之情，一時傳爲美談，可見兩人相知相惜之情誼。

三、李純甫

李純甫（1177～1223）與趙秉文、楊雲翼二人同爲跨越金朝中後兩文學時期的作家，字之純，號屏山居士，弘州襄陰（今河北陰原）人。踰冠登承安二年（1197）經義進士第。後人翰林，仕至尚書右司都事。他自幼穎悟異常，年少自負其才，曾作〈矮柏賦〉，以諸葛亮、王猛自許；又喜談兵，泰和南征，兩次上疏預測勝負，果如所料。中年以後志不得伸，遂無意仕進，日與禪僧士子爲伍，以文酒爲事，時人稱之爲「中州豪傑」，晚歲與趙同喜佛事，鑽研禪理，爲此曾受到儒士的批評。

李純甫工於散文，其文師法《左傳》、《戰國策》、《莊子》、《列子》，文風雄奇簡古，在金代後期頗有影響。當時雷淵、宋九嘉諸家寫作古文，爭相效法。提倡「當別轉一路，勿隨人腳跟」。劉祁指出：「南渡後文風一變，文多學奇古，詩多學風雅，由趙閑閑、李屏山倡之。」〔註65〕明人楊弘道亦云：「李、趙風流兩謫仙。」〔註66〕大抵指趙、李二人同爲文風過渡時期的重要

〔註62〕見趙思文，《弔同年楊禮部之美》。
〔註63〕見《文集》〈浮水文集引〉。
〔註64〕見《歸潛志》，卷九。
〔註65〕《歸潛志》，卷八。
〔註66〕元好問撰，《遺山樂府》，江蘇：江蘇廣陵古籍刻印社，1997年。

人士。可惜李純甫的散文已大多散佚不傳。其詩如〈雪後〉、〈赤壁風月笛圖〉等，皆想像奇特，頗有盧仝、李賀之風。

李純甫雖在文學理論想法上與趙周臣頗有出入且常相互戲言嘲弄，然二人實爲好友，並同慕禪法，每相見輒談儒論佛不絕。以輩分而言，李純甫呼趙爲「叔」，二人爲忘年之交〔註 67〕。純甫英年早逝，趙氏感到十分惋惜，爲其寫祭文、挽詩，並悲痛不已〔註 68〕。李純甫亦曾爲趙周臣誌其先祖墓，詳述其先世以來詳矣，惜乎墓誌銘今已亡佚。

四、完顏璹

完顏璹（1172～1232），金代女眞族詩人。本名壽孫，金世宗賜名焜，字仲實，一字子瑜，自號樗軒居士。乃世宗之孫，越王永功之子。能詩工書，曾學詩於朱巨觀，學書于任君謨，有青出於藍之譽，是女眞族人不可多得的傑出文士。

大定二十七年（1187），其年十六歲，即授奉國上將軍，累封胙國公、密國公。原本前途一片看好，然金廷南渡後防忌同宗，璹因而不得參預朝政，日以誦詩吟詠爲事。其以高貴宗室身分禮賢下士，無一絲嬌貴之態，生平與趙秉文、楊雲翼等交善，互相唱酬。〈聞閑閑再起爲翰林〉一詩曰：「人道蛟龍得雲雨，我知麋鹿強冠襟」，反映出與趙秉文相知之深。亦與後起之秀雷淵、李汾、王鬱、元好問、劉祁、麻革等交情篤厚。

完顏璹對漢文化有著濃厚的興趣和深湛的造詣，精熟《資治通鑒》，對於上下一千三百餘年中國歷史的治亂興衰、得失成敗之道有清楚的了解。隨看金朝國勢的衰落和自己在政治上的不得志，遂於詩詞中充滿著抱負難伸以至嗟老嘆貧的情調，表達出很深的民族感情及意識。他深受唐代和北宋作家影響，文筆「委曲能道所欲言」，詩筆圓美，頗得含蓄蘊藉之趣。元好問譽之爲「百年以來宗室中第一流人。」〔註 69〕

〔註 67〕《歸潛志》，卷九：「李屏山視趙閑閑爲丈人行，蓋屏山父與趙公同年進士也。然趙以其才，友之忘年。屏山每見趙致禮，或呼以老叔，然於文字間未嘗假借；或因醉嫚罵，雖愠亦無如之何。其往刺寧夏，嘗以詩送，有云：『百錢一匹絹，留作寒儒裩。』譏其多爲人寫字也。又云：『一婢醜如鬼，老腳不作溫。』譏其侍妾也。」

〔註 68〕《歸潛志》，卷十：「屏山之歿，雷希顏誌其墓，趙閑閑表焉。」然該〈表〉已亡佚。

〔註 69〕《中州集》，卷五〈密國公璹四十一首〉之小引。

完顏璹平生詩文甚多，晚年自刊其詩三百首，詞約一百闋，號《如庵小稿》，曾由趙氏爲其作序，然序已佚。《中州集》卷五存詩四十一首，《歸潛志》卷一存詩二首，詞則收入於《中州樂府》。

五、劉從益

劉從益（1181～1224），字雲卿，渾源（今山西渾源）人。出生於科舉世家，自曾祖父南山翁劉撝以來，已連續四世八人摘取進士桂冠，家人很自豪，請求趙氏題寫「八桂堂」橫匾。趙公云：「君家豈止八桂」，便寫下了「叢桂蟾窟」四個大字〔註 70〕。劉從益博學強記，出口成章，在太學讀書之際，已有大文士之風。大安元年（1209），中進士，歷任長葛簿、鄜城令、監察禦史等職。在監察御史任上，與當權者辯論是非曲直，終獲罪離京，閒居淮陽。罷御史後，閑居淮陽，種竹以自娛，並與趙秉文互相唱和〔註 71〕。後又出任葉縣（今河南葉縣）縣令，爲他贏得良吏、能吏之名，受到了時人的好評。

其爲官仁義愛民，未幾，朝廷調其入京，葉縣百姓集體挽留。正大元年（1224），被召人翰林院，任應奉翰林文字，大約此時，趙周臣也改翰林文字同修國史，二人成爲同事。

此後不久，趙氏等十數人齊集劉從益家宴飲，巧遇一場春雨，久旱逢甘霖，令眾人一陣歡喜，只可惜不夠充沛。大家約定分別以「好雨知時節，當春乃發生」十字爲韻，各賦詩一首。趙秉文得「發」字韻，頌劉家一門名臣云：

君家南山有衣缽，叢桂馨香老蟾窟。
從來青紫半門生，今日兒孫牀滿笏。
邇來雲卿復秀出，論事觀書眼如月。
豈惟傳家秉賜彪，亦復生兒勔劇勃。

〔註 70〕見《歸潛志》，卷十。

〔註 71〕見《歸潛志》，卷九：「先翰林罷御史，閑居淮陽，種五竹堂後自娛，作詩云：『撥土移根卜日辰，森森便有氣凌雲，眞成闕里二三子，大勝樊川十萬軍……』以寄趙閑閑。會閑閑亦於閑閑堂後種竹甚多，一日，禮部詔余曰：『昨夕欲和丈種竹詩，牽於韻，自作一篇，答其意可也。』因出其詩云：『君家種竹五七個，我亦近栽三四竿。兩地平分風月破，大家留待雪霜看……』。先子復和其韻云：『我家陳郡子梁園，不約同栽竹數竿，清入夢魂千里共，笑開詩眼幾回看。……』」

往時曾乘御史驄，未害霜蹄聊一蹶。
雙鳧古邑試牛刀，百里政聲傳馬卒。
今年視草直金鑾，雲章妙手看揮發。
老夫當避一頭地，有慚老驥追霜鶻。
座中三館盡豪英，健筆縱橫建安骨。
已知良會得四并，更許深杯辭百罰。
我雖不飲願助勇，政要青燈照華髮。
但令風雨破天慳，未厭歸途洗靴襪。〔註 72〕

劉從益則得「好」字韻，針對趙秉文的詩，自我解嘲曰：

春寒桑未稠，歲旱麥將槁。
此時得一雨，奚翅萬金寶。
吾賓適在席，喜氣溢襟抱。
酒行不計觴，花底玉山倒。
從來慳混嘲，蓋爲俗子道。
北海得開尊，天氣豈常好？
況當生發辰，沾足恨不早。
東風又吹簷滴乾，主人不慳天自慳。〔註 73〕

此詩意指主人不吝酒，天公卻吝雨。未料，一個月後，劉從益忽染病而亡，此「主人不慳天自慳」竟成了「詩讖」，使趙周臣哀痛自責不已〔註 74〕，故特作祭文及墓表〔註 75〕，又作〈葉縣學記〉與〈故葉令劉君遺愛碑〉〔註 76〕，銘其惠政，傳達出葉縣百姓之哀思悼念。《歸潛志》云：

余先子自初登第識公（指閑閑公），公喜其政事。既南渡，喜其有直名。後由公薦入翰林，相得甚歡。嘗謂同僚曰：「吾將老，而得此公入館當代吾」又曰：「某官業當爲本朝第一。」未幾，先子歿，公哭甚哀，又爲文以祭，爲詩以挽，又取諸朝士所作挽詞親書爲一軸寄余，余請表諸墓。〔註 77〕

〔註 72〕見《文集》，卷四〈就劉雲卿第與同院諸公喜雨分韻得發字〉。
〔註 73〕《歸潛志》，卷九。
〔註 74〕《歸潛志》，卷九。
〔註 75〕墓表今已亡佚。
〔註 76〕全文見《文集》，卷十二〈故葉令劉君遺愛碑〉。
〔註 77〕《歸潛志》，卷九。

可見二人情誼之深厚。

六、麻九疇

麻九疇（1183～1232），字知幾〔註 78〕。他聰穎過人，三歲即識字，七歲能寫草書，又能寫詩，從那時起，他就有神童美譽。

少年時代，麻九疇曾染上一種惡疾，耗掉幾年時光，神童之路一度受挫。他不得不向道士學習養生之法，來治療疾病。二十歲左右，進入太學學習，刻苦自勵，準備進士考試，在科場後獲得趙周臣、李純甫等人的稱識。不巧，金國被迫遷都，麻九疇流落郾城（今河南郾城）、蔡州（今河南汝南）一帶，住進了遂平（今河南遂平）的西山，潛心讀書。幾年下來，功力越發深厚，博通五經，尤擅《易經》和《春秋》，彼時所寫的一些詩歌也不脛而走，其中最有名的是他爲郾城張敦所作的〈賦伯玉透光鏡〉，想象奇異，造語勁健，被李獻能傳到京城，受到詩壇領袖趙秉文「大加賞異」。趙氏將這首詩抄寫貼在牆上，早晚朗讀，坐臥觀賞。

宣宗興定末年，麻九疇參加經義、詞賦兩科進士考試。府試時，經義科名列第一，詞賦科名列第二，省試時，繼續保持這一名次。優異成績加上他早年的聲譽，使得他名震天下。汴都城內，男女老幼，都熟知其名，皆欲一睹風采。大家都認定他是新科狀元的當然人選。沒想到，天公刁難，好事多磨，在最後廷試一關，他因爲意外失誤而名落孫山，讓所有崇拜者、贊賞者無不痛惜良久。他生性高傲耿介，能安於貧苦，以道自守。從此，他就無意科舉，回山隱居。

正大初年，宰相侯摯與當時任禮部尚書的趙周臣兩人連章舉薦他擔任官職。哀宗破格賜進士，召其入朝授官，然九疇以身染疾病爲由，請求退隱。此舉贏得許多人的尊敬，連前輩趙氏也不稱其名，尊他爲「徵君」。臨行前，趙氏作《送麻徵君知幾》詩，將他比喻成獨立不群的鳳凰，將他說成是「可以激頹俗，可以勵貪夫」的世外高人，對其才名、德行大爲贊賞。後來，病情好轉，出任太常寺太祝、太常博士、應奉翰林學士。然性格剛方，自知不適任官，便再次以病辭官，退居郾城。天興元年（1232），蒙古兵攻入河南，

〔註 78〕胡傳志著，《金代文學研究》，安徽：安徽大學出版社，2000 年 5 月，頁 266 云：麻九疇籍貫有三種說法，《中州集》卷六說是莫州（今河北任丘）人，《續夷堅志》卷二說是獻州人，劉祁《歸潛志》卷二說是易州人，孰是孰非，現已不可知。

麻九疇攜其家人入確山（今河南確山）避亂，後又出山，被蒙古兵俘虜，帶往北方，途中病故。其著有《三門六法》一書。

七、元好問

元好問（1190～1257）字裕之，號遺山，忻州秀容（今山西忻州市）人，爲集金代文學大成的傑出的文學家。他是北魏鮮卑拓跋氏的後裔，南北朝時期，北魏孝文帝拓跋宏由平城爲（今山西大同市）遷都洛陽，改姓元氏，他也是唐朝著名詩人元結的後代。

元好問出生書香門第，自幼受詩文薰陶。其父元德明，累舉不第，放浪山水間，喜愛杜詩，並推崇蘇軾、黃庭堅。好問始生七月，隨繼叔父元格宦游四方；四歲始讀書，七歲能詩，王湯臣以神童相稱。年十四從師當地大儒郝天挺，不僅使元好問打下了深厚的學術根柢，並爲其後的人生道路與文學發展帶來了良好的影響。大安三年（1211），崛起於漠北的蒙古首領成吉思汗興兵寇金，貞祐二年（1214）三月，忻州陷落，北兵屠城，「死者十餘萬人」〔註 79〕，元好問之兄元好古遇害，元好問避兵陽曲北山得免；大約於此時，受到趙秉文及楊雲翼的賞識，並與辛愿、雷淵、王渥、李獻能、麻格等人交遊。當年五月，金廷由中都（今北京）倉皇南遷汴京，此後好問一生幾乎都在顛沛流離之中度過。

興定年間（1217～1221）元好問在文壇上已漸露頭角，撰寫了著名的《論詩三十首》，並以〈箕山〉、〈琴臺〉等詩作被擔任禮部尚書的趙周臣薦舉推賞，拜入文壇盟主楊雲翼、趙秉文之門。此後名動京師，時人譽之爲「元才子」；然赴試卻不遇，直到興定五年由趙秉文作主考官，始登進士第。同年因偕趙氏與楊雲翼、雷淵、李獻能等長期聚會討論，而被宰相師仲安污陷爲「元氏黨人」。

正大元年（1224）五月，趙與楊雲翼等諸公，薦元好問應宏詞科人選，權國史院編修官。其時恰值史院纂修《宣宗實錄》，好問在受命訪求「先朝逸事」的過程中，不顧時忌，據實採錄。翌年夏天，告歸嵩山省親。在嵩山閑居時，著《杜詩學》一書。〔註 80〕

從正大三年（1226）起，一直到正大十八年爲（1231），元好問先後出任

〔註 79〕《中州集》，卷七〈王萬鐘小傳〉。
〔註 80〕《杜詩學》一書今已佚。

鎭平（今河南鎭平）、內鄉爲（今河南西峽）、南陽爲（今河南南陽）三縣令。就中正大五年在內鄉縣令任上以母卒服喪，居該縣東南白鹿原長壽新齋三年，並于正大六年（1229）撰成《東坡詩雅》一書〔註 81〕。正大八年（1231）八月，元好問在南陽縣令任上奉詔赴京，爲尚書省掾，不久除左司都事。翌年五月趙去世，元遺山爲其撰寫《閑閑公墓銘》詳述趙氏一生經歷與成就，成爲《金史》本傳撰文的重要依據。次年忌日，又作詩云：

　　厝火誰能救已燃，直教憂急送華顚。

　　贈官不暇如平日，草詔空傳似奉天。

　　故壘至今埋骨魂，遺宗何力起新阡。

　　門生白首渾無補，陸氏莊荒又一年。〔註 82〕

感嘆自己無力將趙公墓塚遷葬回鄉。

觀元好問前半生與趙氏往來密切，趙曾贈詩與元遺山云：

　　山頭佛屋五三間，山勢相連石嶺關。

　　名字不經從我改，便稱元子讀書山。〔註 83〕

趙周臣對元遺山之器重愛顧，溢於言表，此後元便稱「繫舟山」爲「讀書山」，師生之因緣，有青山爲證，亦爲難得的佳話。

從四十三歲那年趙周臣辭世之後，遺山無時無刻不懷念這位忘年之交，直到自己去世的前幾年，依舊不忘題跋其遺作來緬懷他。〔註 84〕

元好問文論有許多與趙相通甚至相同者，譬如他認爲文章「不誠無物」，與趙所講「文以意爲主」，皆認爲文學作品中必須言之有物，並以誠意作爲文學出發點，來得到讀者共鳴。元好問可說更進一步將「誠」的理念放入文學中，和同一時期亦反對雕琢太過的王若虛所主張之「寫眞去僞」，剔除人僞的部分，完全以誠意及眞心作爲文學的中心，有異曲同工之妙。此外，他明言「論文貴自然」，這點和趙秉文一樣，皆針對江西詩派流弊有感而發；其他如標榜唐詩〔註 85〕，強調模擬是創作的一種必要手段〔註 86〕，亦能與趙氏主張

〔註 81〕該書已亡佚。

〔註 82〕《中州集》，卷九〈五月十二日閑閑公諱日作〉。

〔註 83〕《中州集》，卷三〈禮部閑閑趙公秉文・繫舟山圖〉。

〔註 84〕眞后三年（1244）著〈通奉大夫禮部尚書趙公神道碑〉，蒙古憲宗元年（1251）著〈題閑閑書赤壁賦後〉，憲宗三年著〈跋閑閑自書樂善唐詩〉。在《中州集》特選趙秉文詩六十三首錄於卷三末。

〔註 85〕元好問著述《唐詩鼓吹》一書，明顯標榜唐詩。

〔註 86〕趙秉文認爲文學必須兼詩百家及自我創新，故主張「積學」與「飛動」同重

一致。可見其對元遺山的學術觀點有一定程度的影響，是今日研究元好問不可忽略的部分。

的論點，元好問更進一步詮釋這個觀念，他認爲「積學」和「養氣」都是創作的預備，這點和趙非常相似。

第三章　趙秉文散文內容

《閑閑老人滏水文集》中收有趙秉文的散文一百三十六篇，《畿輔叢書本》又就《金文雅》與《金文最》、《祖庭廣記》、《中州啓箚》等書，再輯〈郟縣文廟創建講堂記〉、〈手植檜刻像記〉、〈騶子跋〉、〈自書擬和韋蘇州詩跋〉、〈漢聞熹長韓仁銘跋〉、二篇〈與楊煥然先生書〉、〈德運議〉、〈乞伏村堯廟碑〉、〈鄧州創建宣聖廟碑〉、〈利州精嚴禪寺蓋公和尚墓銘〉等十一篇爲「補遺一卷」。然經洪光勳先生校定後，發現尚有兩篇未見於「補遺」之中，其一爲〈達摩面壁菴贊〉，其二爲〈郭恕先篆跋〉，故趙周臣的散文共有一百四十九篇。依文體如下：

說 五	原 一	論 十	議 一
諭詔 二	書 五	表 十九	冊文 一
誥 二	制 二	墓表、墓銘 七	碑 八
碣 一	傳 一	記 十五	引 八
頌 四	箴、銘 十	贊 四	祭文 九
書啓 六	題跋 二十八		

今依內容分「論說」、「敘述」兩類，詳加研析其章法。其中，論說類包括「說」、「原」、「論」、「議」等，細別爲「議論類」與「思想類」兩種。敘述類則包含較廣，凡「墓表、墓銘」「碑」「傳」「記」等皆是。此外則均屬「其他應用類」，然因篇幅較短，無特殊篇法，故只探究內容，篇章結構則略而不論。

趙周臣論說類散文的題材包括兩大類型：一爲政論性或評史性質的文章，或論述政治理論，或評論史事作爲借鑑，通稱爲「議論類散文」；其二則是以論述思想淵源爲主，內容多涉儒道理學，歸爲「思想類散文」。此外，也有一小部分是論辯知人、用人之道，及一篇與晚輩討論文論的書信。

第一節　議論類散文

金代皇帝大多重史，這在少數民族政權中，是難得的優點；以女眞族建立金王朝初期，文化程度普遍不高，所幸上位者都能夠從歷史中學習漢族的統治經驗與興亡鑒戒。自金熙宗以後，正式提出尊孔重道，世宗更重視漢文典籍史料的翻譯與研究，使文治興旺，趙秉文就是在這樣的環境中成長的。

趙氏仕宦長達四十年，才識廣博，熟讀經史，詳研史筆及史法，每將歷史見識表現於諸史論著之中。所著有關史評專籍頗多，如：《龜鑑萬年錄》、《君臣政要》、《貞觀政要申鑑》、《百里指南》等；興定五年（1220）更實際參與《章宗實錄》的修撰〔註1〕，在金朝儒士之中應爲史論家之首；然至今政論專書無一倖存，僅能從文集中數篇議論文略窺一斑。但以具體史論而言，仍較同朝其他名儒完整，足見其學識卓越醇厚。

以《文集》中之〈西漢論〉、〈東漢論〉、〈唐論〉爲例，三篇文章敘史兼論史，並研究此三朝國運興衰及滅亡之因。有承襲唐宋以來之公論，亦有推翻前人說法之獨特見解。平心而論，雖非完全合用於當時政治局勢，但析論有理且持論有據。其論以儒學爲宗，重君德、仁義、名教，並以《春秋》爲法，對治國理政之道，皆提出一套看法，堪稱學術致用之典型。其後對於王若虛及元好問等人之政論史評，有一定程度的影響。以下分則論述趙秉文之史評政論：

一、以仁義爲主的政治哲學

趙秉文十分重視儒學思想的實踐，在政治上以講求「仁義」爲主。其政治主張大多見於文集卷十四的〈總論〉一文中，該篇明白指出：「盡天下之道，曰：仁而已矣，仁不足，繼之以義。」按其所言，「仁」的定義是一種可以貫穿天下的道理，比較接近思想層面；而「義」則是較靠近制度層面的概念，

〔註1〕金代國史院其史職設置有：(一)「監修國史」：由宰相監領；(二)「修國史」：掌判院事，是國史院修史工作的實際領導者；(三)「同修國史」：乃修國史之副手；(四)「檢閱官」：俗稱「從事」，掌書寫。趙秉文於此年拜禮部尚書轉侍讀學士，同修國史知集賢院事。

正所謂「仁者天之道也，義者人之事也。」〔註2〕因此，他認爲治理天下事物，應以「仁」爲思想主導，不足之處才以「義」來填補。最後總結爲：「世治之汙隆，系乎義之大小，而世數之久近，則系乎其仁所積之有厚薄。」〔註3〕

對於「仁」與「義」，趙秉文也有詳盡的詮釋。在「義」的制度面上，他提出「政、刑、綱、紀」四大目，「政」與「刑」未有太多的文字解釋，但對「綱」與「紀」卻特別的強調。「綱」指「大綱」；「紀」指「小紀」又稱爲「小制」，所謂「大綱」指的是「風俗、人才、兵食」三者，屬於重大的政治議題；「小紀」則指「病者有坊，孤獨者有養，教養有官，官制有秩……」等，類似今日社會福利政策與公務人員管理制度。以重要性來看，「大綱」當然要比「小紀」重要許多，他說「大綱正而小紀不正，不害其爲治，大綱不正小紀雖正，不救其謂亂。所謂大綱，風俗也，人才也，兵食也。」據此，「綱」與「紀」相輔相成，天下才可以安定，然而這些都歸屬於「義」，又必須以「仁」爲指導原則，「仁」雖屬天道，然「人定者勝天，天定亦能勝人」因此事在人爲，只求秉持「仁」道而行。

稍熟悉金朝政治與歷史即不難發現，其之所以特意提出「仁義」的政治觀點，實乃針對海陵王的暴政而來。海陵王佔據半壁江山，雄心勃勃欲以武力一統南北，然趙氏認爲：「不仁而得天下者，亦有之矣；不仁而世數長久者，未之聞也。」〔註4〕海陵王果眞未能得逞太久，世宗總結曰：「天下大器歸于有德，海陵失道，朕乃得之。」〔註5〕暴政一敗，全國上下皆獲教訓，世宗「以仁易暴，休息斯民」才能恢復文治，更使趙周臣體認到專制暴虐必致眾叛親離。因此，以仁義觀念談論政治的，金朝雖非趙周臣一人，但其政論卻更見周密。〈太玄箋贊引〉中亦說：「天下萬事之理，具要其歸爲仁義而作也。」以仁義治理天下萬事，確實是其之政治理想，然而他也不得不承認，政治理論中的仁義思想早就成爲陳腔濫調，易遭忽略漠視，世人往往忘記此類「世俗之言」的重要性，使得金末不能以古鑑今而終陷覆轍。

二、效法三代施行封建制度

效法三代，無疑是趙氏政治理想的藍圖。在卷十四〈唐論〉中即明言：「貞

〔註2〕《文集》，卷十四〈總論〉。
〔註3〕《文集》，卷十四〈總論〉。
〔註4〕《文集》，卷十四〈總論〉。
〔註5〕《金史》〈世宗本紀中〉。

觀、開元，以仁義治天下，亦三代之遺意也。」又言：「以仁義刑政治天下，略法唐虞三代，參以後王之制，其可矣。」效法三代的原因，除了三代以仁義為尚以外，「行封建」也是主要因素。

其在政治上力主封建制度的推行，且不只一次上書君上直陳施行封建的好處〔註6〕。其封建之主張，在文集卷十四的〈侯守論〉中有所陳述。他認為：「夫立國必有一家之制度，制度必有所法」然「法不能無弊，弊不能無變」。當郡縣制度在金朝造成政治的紊亂之時，則不能不有所革新以圖強，而效法三代施行封建制度，則是他認為唯一可行的方式。其原因有二：首先，趙氏認為天下太平之際，確實宜以郡縣治國，一旦政治環境紛亂，當行封建以救國，他說：「天下已定，上有一尊，下無異望，當此之時……其勢不得不郡縣。及太平日久，內弛外訌，夷狄肆侮，社稷阽危，人主有孤立之勢，海內有勤王之師，此斷臂以去所患也，故其勢不得不封建。」〔註7〕因為金朝所處的時代正值一危亡之秋，故封建乃勢所必行。其次，趙秉文指出施行封建的三大優點：「……封建，其利有三：諸侯世擅其地，則各愛其民，愛其民則軍不分。脩其城郭，備其器械，則人自為戰，人自為戰則我眾彼寡，夷狄不能交侵，一也。夷狄無外侮，則天下終歸我有，二也。雖有強獷之徒，大小相維，足以長世，三也。」而且「郡縣之制，可以大治，亦可大亂。封建之制，不可大治，亦卒不之大亂。」面對動盪不安的金朝局勢，趙周臣也不得不保守起來，認為「建侯數屏」是拯紊救亂的不二法門，姑且不論是否可以施行成功，他的論述都具功力。

趙氏把效法三代施行封建當作是拯救動亂中國家的良藥，認定施行封建後的，金朝必定可使諸侯各愛其地其民，進而達到挽救衰敗政局的目的；然此一論點立意雖佳，但現與實乖違，因在金朝內憂外患已至國本動搖之窘境，若再施行封建，更意味著中央政權的瓦解與崩潰，不無加速國家滅亡的可能。

〈東漢論〉一文中，他將治國之道譬若療疾：

> 善治病者，必之脈之虛實，病之大小，治之逆從。微者逆之，甚者從之，寒熱通塞因時。有時故疾未除，更生他疾，參伍其宜，徐以制之，夫然後病可為也。……譬猶故病未除，益以他疾，其症已危，

〔註6〕《墓銘》：「貞祐初，公言時事三：一遷都；二導河；三封建……。」

〔註7〕《文集》，卷十四〈侯守論〉。

當以飲食醫藥，漸以制治之，一用驟藥，則大命除矣。〔註8〕

然封建制度雖爲一救亂良方，但卻不適用於病入膏肓的金末時期，病急之下，趙氏也不免犯了下猛藥之忌，無怪乎最後連他自己都得承認「政事非所長」了。

三、特重用人之道曲直之辨

趙周臣強調爲政者首重知人善任，在〈唐論〉、〈西漢論〉、〈東漢論〉諸篇史論中，便以古喻今，說明誅殺善人及謀臣必致國敗，其言：「善人，國之紀也，其可殺之乎？善人誅鋤，奸雄覬覦……豪傑既盡，國亦隨之。」〔註9〕故一國之興衰，端看君王是否能知人善任，近賢臣、遠小人。

〈知人論〉說明天下之所以有患，大多肇因制度出了漏洞，導致小人趁機謀取私利，秉國者卻難以洞悉，即便察覺猶不能避免，終致國家覆敗。至於小人的技倆及面貌，文中亦描寫得相當清楚：

其所謂小人者，又非其貪如盜跖，賊如商臣，讒如惡來，汰如欒黶之爲難也。譬如猛虎猘犬，人得執而殺之矣。其要在乎小慧似智，矯諫似忠，趦趄盤辟以爲敬，內厚情深以爲重，見小利而不圖大患，邀近校而不知遠慮。主有所向，則逢其惡而先之；主有所惡，則射其怒而遷之。其詐足以固人主之寵，其信足以結人主之知。〔註10〕

正因爲「小慧似智，矯諫似忠」，故小人往往謀寵得利，使爲政者反而常怪罪犯小過錯的君子。他又言：

小人不知大體而寡小過，苟得苟合，易進而難退；君子知大體而不免小過，不苟得不苟合，難進而易退。人主者赦君子之小過，而不逑于小人之寡過，以責其遠者大者，其庶乎其可也。

趙秉文辨明君子、小人，並說明爲何歷代小人常得意，君子卻常遭誅殺或貶謫之因，頗有替歷代遭厄君子申冤抒憤之意。

其並以歷史爲借鏡，述王莽篡漢、東漢宦官、八王之亂、安史之禍、金石之潰等史例，說明禍害皆由於爲政者聽信小人讒言媚語猶如酒色之咎，終遺患數十載後。如〈總論〉中所云：「天下不可無正人，亦不能無邪人。在人君之所處之，正勝邪則治之端也，邪勝正則亂之端也，邪勝極，則爲請託公

〔註 8〕《文集》，卷十四〈東漢論〉。
〔註 9〕《文集》，卷十四〈魏晉正名論〉。
〔註10〕《文集》，卷十四〈知人論〉。

行，為讒妒並興，則日趨於亂矣。」不能知人善任，是國家日趨於亂的重要因素。

趙氏並在〈直論〉一文中，提出直曲之別，他認為直與曲並非絕對的善與惡，而有四者之分。其一，有「直而陷于曲者」，如：指證其父偷羊，雖表面正直，實際上卻陷於「曲」中而不自知；其二，有「曲以全其直者」，如：「魯昭公娶于吳，孔子以為知禮」，其雖是「曲」，然為保全正直之道，故受讚揚；其三，有「直而過於直者」，如國武子及洩冶皆以盡忠諫言而獲死罪，其行雖直，然不能衡量局勢，量力而為，故稱為「過於直者」。其四，有「直以遂其直者」，如「齊魯之會，孔子歷階而進；齊梁之見，孟子不肯枉尺而直尋。」故君子之直，以此為最佳。由四者之別，可以辨明是非，使君子小人，知所當擇。

四、以誠正名明華夷之辨

趙周臣在史論上，提出「誠」與「不誠」作為正名的依據，議論史事則必須以春秋之法定奪，即「諸侯用夷禮，則夷之；夷而近於中國，則中國之」，若依此理，西蜀雖為「僻陋之國，先主武侯，有公天下之心，宜稱曰：『漢』。漢者，公天下之言也，自餘則否」；除此之外，漢帝遇害時，劉備發表了宣言討賊，「義不與曹操共戴天」〔註11〕，且稱「漢主若在，吾事之。不濟，則退以漢中王，終身北面」，因此之舉，魏、吳二國便不能相提並論。最主要的是趙秉文認為西蜀應稱為「漢」的原因，是蜀主心懷「誠」意，以正心誠意對待天下之人與事。

關於「誠」的觀念，〈誠說〉一文中說得很清楚，即「誠自不欺入」。以「託孤」為例，曹氏父子「欺孤問鼎」，篡漢而立，欺騙天下，其心非出於誠；然而孔明則可以問心無愧，盡秉忠誠，力扶阿斗，故可稱漢。又如七擒七縱孟獲一事，則服眾心而已，其德更可上比堯舜。

值得深究的是，他在此處提出「華夷之辨」的議題，無非是想拿西蜀來比喻一樣是崛起於敝陋一隅的女真民族。以整個金代背景而言，宋與金的對立，已經不僅是漢族政權與女真政權的對立，也是「華夏」與「夷狄」之間的對峙，前者雖屬武力可解決的範圍，然後者卻是難以改變的觀念問題。正如同劉鋒燾先生所認為：面對少數民族融合的漢族而言，這是一種「艱難痛

〔註11〕《文集》，卷十四〈蜀漢正名論〉。

苦」的抉擇。〔註 12〕

撇開狹義的國家觀，趙周臣這裡所以討論的是廣義的「血統」與「文化」的問題。金宣宗貞祐二年，趙周臣與黃裳、完顏烏楚、王仲元、呂于羽、張行信、穆顏烏登、田庭芳等，各上呈〈德運議〉〔註 13〕，各自表述金朝應承何朝之運以立國。趙氏力陳「不可越宋而遠繼唐」〔註 14〕，其目的正是表明金源文化應成爲華夏文明的延續，故不必脫宋而跳繼唐運，並以「近于中國，則中國之」的道理，來對抗長期以來漢族知識份子拒絕認同外來族群新政權的「正統」情結。金朝中後期的文士也都以「中州」文人自詡，把自己國家的政權視爲華夏的一部份，故「尊華卑夷」的心態，此時可說已不復存在。

五、評史得宜並講求史法

趙氏在〈魏晉正名論〉中，以史評家的角度，評論東漢末年至南北朝間，政治及社會倫理不彰、民族道德衰敗的情形，並對《晉書》及《魏書》二史中，重要歷史人物依其等心志、行徑、名聲及影響力重作是位。其將本應列於魏傳中的陳群及列於晉傳首的弒君之賊賈充，皆重新列於「漢魏賊臣傳」中以警世人；荀彧則其心向魏，故應列於魏傳，反之，以羊祜、杜預之志而論，則該列爲晉傳之首；而王祥「雖名孝友，身爲三公，無補國亡」，故當附於《王導傳》首。其他如王淩、毌邱儉、諸葛誕雖以廣淩叛，猶有存魏之心，當作「魏臣」；阮籍作九錫表，登廣武而詠嘆，名魏實晉，故應爲「晉臣」。又如：陸機、陸雲以文章名世，應當列於「文藝傳」；稽康、阮籍則列於「玄虛傳」；至於王衍，其人「當國不營世務，職爲亂階」，故當列於「姦臣傳」；嚴厲批判司馬氏無存魏之心，依篡奪之行論之，當貶書曰：「司馬師廢正始皇帝，昭弒正元皇帝，炎篡元皇帝。」

趙周臣感嘆自司馬遷、班固後，執筆寫史者皆不能以春秋之法論史，「此後世作史，冗長無法，徒爲紛紛。而太史之書，言簡而事核，獨爲良史之法者也。」〔註 15〕加上《魏書》內容蕪穢，體例荒謬，無視史實，以意爲好惡，

〔註 12〕詳見劉鋒燾，〈艱難的抉擇與融合〉，《文史哲》，2001 年第一期。

〔註 13〕詳見清・張金吾輯，《金文最》，台北：成文出版社（印原刻本），民國 56 年，〈卷二十九〉。

〔註 14〕詳見《金文最》，〈卷二十九〉趙秉文撰〈德運議〉。

〔註 15〕《文集》，卷十一〈任子山礦銘〉。

世稱「穢史」，無怪乎有強烈歷史責任感的趙周臣，要刻意提出駁正。

第二節　思想類散文

金源思想界是兼容並蓄的，包括外來的佛學和兩宋理學，都同時流行於士子之間。而趙秉文的理學思想明顯受到周程理學的影響，又參以朱子之學，其以儒學爲骨幹，亦醉心於佛老，涉獵廣泛卻又懼人訾議，可見其思想之矛盾，但這也是大多數金元學者的共同傾向。雖趙氏嘗試以三教合一來重新詮釋儒學，其思想本有其可觀之處，然因其不敢對抗排佛的正統觀念，故今文集中關於佛老的論著並不多見，加上《閑閑外集》又已亡佚，確實令人深感到遺憾。至於其思想概要，則概述於後：

一、佛道思想

以宗教而論，金朝在建國之前主要的的信仰本爲原始的薩滿教〔註 16〕，然建國後，受遼宋以來佛學興盛影響，其思想界已浸濡佛老之浪潮，以致上京內寺廟林立，自金熙宗開始，眞正接受佛教；世宗的母親晚年更祝髮爲比丘尼，號「通慧圓明大師」，去世後世宗更奉其母遺願，重修「神御殿」，並改名爲「報德殿」，詔翰林學士張景仁作「清安寺碑」以祭之。

以《道德眞經集解》一書爲例，姑且不論是否爲趙所著，然已被李桂生等認定是一部「以佛釋道」的注本〔註 17〕。其中，趙秉文（即「趙曰」以下）多次以佛理詮釋《老子》經義。總之，金源一代，儒、釋、道三家在思想界裡既融合又競爭，互相吸收利用，又互相貶抑排斥。

《文集》中之〈攓蓬賦〉，即是以老莊的「齊物觀」與佛理的「生死輪迴」做一種思想的對照呈現，其〈賦〉曰：

> 如宿債之須償，老栽松而祖忍兮，李探環而姓羊，指後期而圓澤兮，悟前生之邢房，曾易世而不知兮，矧億劫之能量，壓萬世而一遇大聖兮，然後知大夢之何傷。

他認爲萬事萬物都是變化無常的，人世間不宜有尊卑高下之分，本諸道家思

〔註 16〕關於女眞民族崇信薩滿教之最早明確記載，見於《三朝北盟會編》〈政宣上帙三〉，其稱完顏希尹「奸滑而有才……國人號爲珊蠻」（按：珊蠻即薩滿之音異譯，均出自於 saman 這個詞），意指其人變通如神或爲智者、賢者的代稱。

〔註 17〕李桂生等著，〈論道家哲學文獻注本的闡釋視角〉，《襄樊學院學報》，第二十二卷第三期。

想，然其後又把佛家之「宿債」與「輪迴」融合成一套「生死觀」。同樣的情形在〈無盡藏賦〉中一樣明顯，其曰：

> 自俗觀之，有代有謝，自道觀之，無成無毀。君亦知夫物無常時、無心乎？自有觀成則有成，自未有觀成，則成亦壞矣；自今觀昔則有昔，以來望今，則今亦昔矣。由是觀之，方成方毀，方生方死。雖然此猶有心于去來見在也，若其無心，則無此矣。且夫水不與風期，風來而水波；山不與月期，月照而山白。庸知夫性空眞風，性空眞月，是尚有極耶？然則聲塵有盡，所以聲聲者無盡也；色塵有盡，所以色色者無盡也。

該段文章，前半屬道家思想的呈現，後半則又以佛家「性空」、「聲塵」、「色塵」的概念，來詮釋大自然與人類的生死觀。

趙氏早年慕佛甚深，曾認爲自己前世應該就是一名僧侶，嘗教後輩弟子禮佛參拜之道，又寫信對劉祁說：「愼不可輕毀佛老二教，墮大地獄則無及矣。聞此必大笑，但足下未知大聖之作耳。」〔註 18〕其在〈題米元章修靜語錄引後〉更堅信：「信知殺人不箚眼漢，乃能立地成佛，非兒女曹咬豬狗腳者，所能湊泊也。」甚至章宗明昌六年（1195）所發生上書狂妄受追解而累及周昂一事（見生平一節），竟以「此前生冤業也」帶過〔註 19〕。故知其出入佛老，並曾潛心研究過佛理，然晚年卻「頗畏士論」，凡《滏水集》中關於佛老之文盡刪，並另成一部《閑閑外集》，以致被王若虛等譏爲「藏頭露尾」。〔註 20〕

二、理學思想

（一）對「道」「教」「性」的闡述

宋代理學揉合了「儒」、「釋」、「道」三家的思想，理學家不免受到佛理

〔註 18〕《歸潛志》，卷九。

〔註 19〕《歸潛志》，卷十：「初秉文與昂不相識，被累，已而昂杖臥，秉文謝焉，大爲昂母所詬。秉文但曰：『此前生冤業也！』故人爲之語，有『不攀欄檻只攀人』之句。」

〔註 20〕《歸潛志》，卷九：「趙閑閑本喜佛，然方之屏山，頗畏士論，又欲得扶教傳道之名。晚年，自擇其文，凡主張佛、老二家者皆削去，號《滏水集》，首以中、和、誠諸說冠之，以擬退之原、道、性，楊禮部之美爲序，直推其繼韓、歐。然其爲二家所作文，並其葛藤詩句另作一編，號《閑閑外集》。以書少林寺長老英粹中，使刊之，故二書皆行於世。余嘗與王從之言：『公既欲爲純儒，又不捨二教，使後人何以處之？』王丈曰：『此老所謂藏頭露尾耳』。」

影響，卻又在排斥佛老邊緣徘迴。許多思想家批判王安石等儒者雜用佛老來構成新儒學的架構，趙秉文也是陷於這樣矛盾中的學人之一。前已提及趙氏曾一度醉心佛老，然他對於王安石的「新學」卻提出了相當程度的抨擊：

> 自王氏之學興，士大夫非道德性命不談，往往高目賢聖，而無近思篤行之實。視其貌惝恍而不可親，聽其言汪洋而不可窮，叩其中枵然而無有也。〔註21〕

又言：

> 自王氏之學興，士大夫非道德性命不談，而不知篤厚力行之實，其蔽至于以世教爲俗學。而道學之蔽，亦有以中爲正位，仁爲種性，流爲佛老而不自知，其蔽反有甚于傳注之學，此又不可不知也。〔註22〕

王安石的「新學」，是典型調和「儒」、「釋」、「道」三家而成的新學派，在宋神宗之時成爲正統，其著作成了當時文人學子必讀的標準本。其後程朱之學興，王學成了首要對手，「斥佛斥王」成了程朱學派的主要目標。趙氏顯然是傾向支持程朱學派的文人，其理學文論也大多與程朱一致。在〈性道教說〉中他推崇周、程二夫子曰：「周、程二夫子，紹千古之絕學，發前聖之祕奧，教人于喜怒未發之前求之，以戒愼恐懼于不聞不見，爲入道之要，此前聖之所未到，其最優者乎？」値得注意的是，即使趙氏認爲「學王而不至，其弊必至于佛老。」〔註23〕然自己卻不能免俗的將佛老之義理參入儒學，其責王安石雖稱嚴苛，卻終不見斥佛之論。平心而論，趙周臣固然反對王氏新學「借佛談儒」，但其出發點應該是針對南宋以後所流行穿鑿附會的王氏之學，以致學王不成反蒙蔽於佛老而擯棄正統儒學之理。〔註24〕

其次，和金章宗時期眾多儒者相同，趙對於理學確實有高度興趣且下過功夫，他對《道學發源》一書的刊行興奮不已，建議云：「雖圓頂黃冠、村夫野婦，猶宜家置一書。」〔註25〕除此之外，他對於「性」、「道」、「教」的議題也頗有融合眾論的見解。例如，〈原教〉一文即是要正「道」與「教」之名，

〔註21〕《文集》，卷二十〈書東坡寄無盡公書後〉。

〔註22〕《文集》，卷一〈性道教說〉。

〔註23〕《文集》，卷一〈原教〉。

〔註24〕趙氏早年虔信佛法，晚年幡然棄其學反歸於儒，蓋亦與王氏之學流弊不無相關。

〔註25〕《文集》，卷十五〈道學發源引〉。

他認爲道是「總妙體而爲言者」，故沒有內外之分，有內外之分的是「情」，而非眞正的道。所以聖人不會將「道」視爲己有，「道」也不會只傳給聖人，正所謂道「無此無彼」也。而聖人之所以爲聖人，也只不過因能了解道「窮理盡性」的本體以及其「開物成務」之理罷了。至於「教」，其則認作是「傳道，示道也」，因此可以有內外、正偏、大小之分，是聖人用以體現「道」的過程而已，也因個人體現過程不同而有所異，正所謂：「仁者，人此者也；義者，宜此者也；禮者，體此者也；智者，知此者也；信者，誠此者也。天下之通道，五此之謂也。」〔註26〕

至於「性」的理解，據〈性道教說〉一文，可歸納出五個重點：

1. 「性」難以用言詞說明，然摻雜佛老來言性或如韓子所言分爲上中下的性，皆非正統。性的本體應是「喜怒哀樂未發」的心，無一絲人欲之私，純爲天理而已。
2. 孟子四端性善論，才是由正統的「性」發展出來的，然四端內藏，遇到外界刺激才會顯現出來。
3. 所謂「率性之謂道」，就是不失其赤子之心，隨著天理而行，能尋此道路走的就是「大人」。
4. 孟子以後，只有周、程二夫子教人以性的本體爲主，藉養「誠」（即戒愼恐懼於不聞不見之處）來求道。
5. 性與天道其實都在日常生活中，並非窮高極遠而不可得；故聖人不必刻意言出，在求其愼重。

（二）對「中」「和」「庸」的闡釋

趙秉文在〈中說〉、〈和說〉、〈庸說〉三篇論文內，闡發「中」「和」「庸」的意義與關係。〈中說〉引言中，他認爲學說不同，對「中」會有不同的解釋和看法，例如佛家講「不思善惡」、「不斷不常，不無不有」的中，以及道家論「道樞，樞始得環中以應無窮」的「中」，或者藍田呂氏所言「寂然不動，赤子之心」的「中」都不盡相同；然趙周臣認爲這些「中」的內涵，因爲太過抽象，所以不能拿來「位天地育萬物」，當然也不是其所要討論眞正「中」的涵義。他所要討論的是關於聖人拿來體現「太極」的「大中之道」，及伊川先生所言「性與天道」的「中」，也才是眞正要探究可以「位天地育萬物」的

〔註26〕《文集》，卷一〈原教〉。

「中」之概念。他又認爲，大多數人所講的「無過與不及」或「喜怒哀樂未發」之類的說法，只能拿來討論中庸之道而已。這個觀念和伊川先生所說「若言存養於喜怒哀樂未發之時則可，若言求終於喜怒哀樂未發之前則不可」相一致。

據此，他也釐清了「中」的兩個層面，一是屬於「性與天道」的「大本」；其二是《中庸》中所謂「不偏不倚」的正理。値得注意的是，即使趙氏將「中」分爲兩個層次來論，但他並不認爲佛老或蘇黃門人所說「中」的概念有錯誤的地方，而是所指不同，然而佛老之論似有又似無，故不能拿來與聖人用以形容「性與天道」的「中」相提並論。也正是所謂「天下殊塗而同歸，一致而百慮。殊塗而同歸，世皆知之；一致百慮，未之思也。」〔註27〕

仔細分析，趙周臣所言之「中」和朱子大同而小異，趙、朱二公皆認「中」爲一本體宇宙論的創生直貫之實體，它就是作爲「天下之大本」的中體，若以此中體調適吾人性情，便使情之發能中節、中度；若以此調節天地陰陽之氣，則使天地四時得序，萬物化育，此即爲「至中和」〔註28〕。因此，「和」與「庸」的概念亦承「中」而來，他認爲此三者可謂一體，因爲「中者和之體，和者中之用，非有二物，純是天理而已。」又說：「中者和也，和者中也，以言其究，一而已矣。」如果說「中」所要體現的是天道，那「和」所要體現的就是「人道」，所以才曰：「天命之謂性，中之謂也；率性之謂道，和之謂也。」朱子曰：「其所謂中，是乃心之所以爲體，而寂然不動者也。及其動也，事務交至，思慮萌焉，則七情迭用，各有攸主；其所謂和，是乃心之所以爲用，感而遂通者也。」〔註29〕據此，可知趙除了「中」以外，「和」的觀念顯然也是源自朱熹的理論。至於「庸」，趙氏爲其下的定義則較單純，其認爲「不易謂之庸」，即「百世常行之道」，也是來自於「中」的觀念。

歸納而言，其認爲「性與天道」是聖人的信仰所指，然後依此信仰衍生出「中」這種不偏不倚的正理精神，下歸屬於「人」的部分，則是可以「位天地育萬物」的「和」的力量，而「庸」則是來自於天道，一種恆常不變的

〔註27〕《文集》，卷一〈中說〉。

〔註28〕《文集》，卷一〈和說〉云：「何以謂之和？蓋元者因喜怒哀樂中節而名之也。譬如陽并于陰則喜，陰毗于陽則怒，則亦二氣之失和也。聖人之心無私如天地，喜怒哀樂通四時，和氣沖融于上下之間，則天地安得不位，萬物安得不育，四時安得不序，若此者，皆和之至也。」

〔註29〕《晦庵集》，卷三十二〈答張欽夫〉。

準則。

（三）對「心」「靜」「虛」的探討

關於「心」，趙氏曾說：「天地間有大順至和之氣，自然之理，根于心，成於性，雖聖人教之，不能與之以其所無。」可知其所謂心、性，依舊是成自於天理。然如何治心養性以明其天理呢？僅「靜」與「虛」而已。

在卷二〈心靜天地之鑑賦〉中，他又不免以佛理解釋「心」的概念，說明「心」是主體，天地本是虛一而純淨，來自天道的「心」也應虛而純。心若靜則如明鏡一般不染塵垢，不管萬事萬物距離多遙遠，形體多麼渺小，都能自然而明，如「照燭無疆」一般，清楚明瞭；然世有「五色亂目」、「五音亂耳」，故導致心多躁動。其指出世人面對萬事萬物的五色、五音，必須要使心「靜」，才能順應一切之變化，救禍於未形之前。其曰：

> 豈非本心一源，事周萬變，定而能慮，則慮乃有得；靜而後應，則應不能眩。今也，守一眞于不動之宅，閉六欲于不關之鍵，自然不慮而知，不窺而見……故得其粗，則可以窮事物形名之理；得其精，亦有以識道德性命之傳矣。物來自得順受，事至不爲束纏，發爲用智之權，救禍于未形。〔註30〕

至於「虛」，和「靜」同爲養心功夫，「夫天下事物，是非、得喪、憂樂，置一毫于胸中，非虛也」〔註31〕，故不免擾亂原本「未發」之心，故趙氏主張應該「忘己絕待以致虛」，曰：

> 忘己則忘物，忽然心境兩忘，此猶世俗之謂虛耳。若夫虛爲有待，致虛極則絕其待；靜爲有對，守靜篤則忘其對，此虛之至也。〔註32〕

此外，他更把「誠」當作一切指導原則，否則一切都是不切實際的空談，其云：

> 虛心有道，惟誠能虛，不誠爲素隱，爲矯激。至于吾道則又不然，惟誠能虛能盈，能動能靜。虛而不誠則餒，盈而不誠則亢，動而不誠則躁，靜而不誠則槁。皆非吾道之正也，故曰：「不誠無物」，試以是求之。〔註33〕

〔註30〕《文集》，卷二〈心靜天地之鑑賦〉。
〔註31〕《文集》，卷二十〈題異壺圖〉。
〔註32〕《文集》，卷二十〈題異壺圖〉。
〔註33〕《文集》，卷二十〈題異壺圖〉。

（四）關於「誠」的詮釋

比起「中」、「和」、「庸」的定義而言，其對於「誠」的詮釋要確定許多。文集中關於「誠」的論述，除了卷一的〈誠說〉以外，尚有多處提及「誠」，可見趙秉文對於「誠」的重視程度。正如〈誠齋銘〉一針見血的講「惟學乃明，惟明乃誠」，可知「誠」與「學」相同，都是修身養性的一種工夫。他的觀念裡，認為「誠」是道德創生的動力，是體現五倫的基本理念。然而一般人以為「道」是一高深難行的學問，非「絕世離倫」不可談道，趙氏卻認為眞正的道是日常生活中的倫理觀念而已，不可一日脫離倫常來談論「道」，因此，「誠」的功夫就更顯得格外重要了。

明白「誠」的定義之後，趙又提出「養誠」、「學誠」、「致誠」的三種體現功夫，其曰：「誠自不欺入，固當戒謹恐懼于不見不聞之際，所以養夫誠也。」「誠由學始，博學、審問、愼思、明辨、力行五者，所以學夫誠也。」又云：「不欺自妻子始，身不行道，不行于妻子，使身自刑家，家自刑國，由近以及遠，由淺以至深，無騖于高，無眩于奇，無精粗大小之殊，一于不欺而已，所以致夫誠也。」〔註34〕由此三種途徑都可以體現「誠」，由近及遠，由淺入深，所以並非「太高難行之道」。

至於「誠」的實踐過程，他也整理出一套見解，其云：「不欺盡誠乎？曰：未也，無妄之謂誠，不欺其次矣……無妄盡誠乎？曰：亦未也，無息之謂誠。……無息盡誠乎？曰：亦未也，贊化育之謂誠。」〔註35〕

如此層層推進，說明「誠」即是道德倫常的創生動力，體現「誠」的最高境界可以使性與天道合一，進而可「不動而變，不行而誠，不怒而威」、「不言而信」。其說可圖解為：

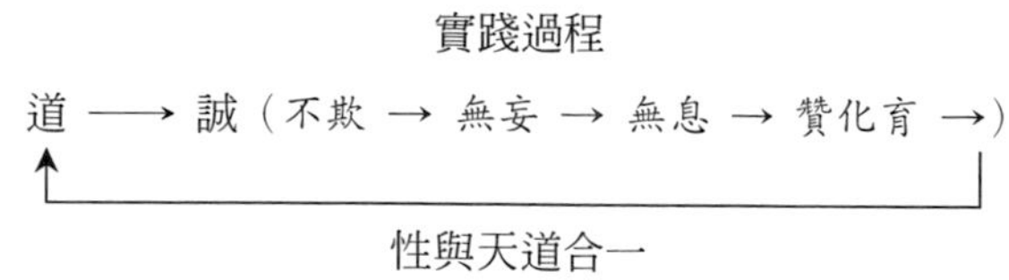

兩宋論「誠」之說頗少，其最完整者，當屬周濂溪。趙氏的「誠」說與周子之學，相似之處亦多。二者都認為「誠則明矣」，且「誠」來自天道為五

〔註34〕《文集》，卷一〈誠說〉。
〔註35〕《文集》，卷一〈原教〉。

常之本。周子曰：「聖，誠而已矣。誠者，五常之本，百行之源也。靜無而動有至，正而明達也。五常百非，非誠非也。」〔註36〕又曰：「誠者，天之道也；誠之者，人之道也」〔註37〕，「自誠明，謂之性；自明誠，謂之教。誠則明矣，明則誠矣。」〔註38〕趙氏論「誠」，或取源於周濂溪。

綜上所言，趙秉文自有其一套理學思想的系統，既能融合兩宋理學，也有自己的創解。

第三節　敘述類散文

趙氏敘述類散文依內容可分為兩大類，一是單純紀錄型，目的是為了紀錄一地或者簡述一事；另一種則是喻「意」或說「理」，並加上自己的情感與思想；其大多數記錄式散文，都屬後者。

一、單純紀錄型

檢視《文集》中的人物傳記，多為貴胄大臣，且為舊識故交，如：〈梁公墓銘〉、〈姬公平叔墓銘〉、〈張文正公神道碑〉、〈党公神道碑〉、〈史公神道碑〉、〈張公神道碑〉、〈劉君遺愛碑〉、〈完顏公神道碑〉等；然亦有純然追仰其志節義行而為之頌揚之作，如：〈祁忠毅公傳〉即是。故依整體而言，傳主大都是上層階級。

趙氏撰寫人物傳記雖不免有過度稱揚者，然所述之事多能與史籍相符，甚而可作正史之補。如：〈梁公墓銘〉寫於大定年間，朝政已漸趨清明穩定，四夷亦皆賓服，金世宗欲幸巡金連川，然當時任薛王府掾的梁襄，上〈諫北幸〉一書勸阻，極力陳述「其地在重山之徑，積陰之所，春燠不毛，夏暑仍纊，殆非所頤養聖躬也。況蕃部野心難制，萬騎摵列，信宿可到，萬一解嚴之際，奔突而前，卒何以禦？」世宗遂罷北巡之念，梁公也因直言而聲聞天下，此事及該篇諫書全文在《金史》列傳中有詳盡記載，然其撰寫〈梁公墓銘〉，尚提及梁襄在陝西任上時，呈〈平賦書〉數千言，內容在說明河南、陝西、徐海以南之地，「人稀地廣，物力少，稅賦輕，古之所謂寬鄉」；中都、河北、河東、山東等地「人稠地窄，物力多，稅賦重，古之所謂狹鄉」，用以

〔註36〕《周元公書》〈通書・誠下章〉。
〔註37〕《周元公書》〈通書・中庸二十章〉。
〔註38〕《周元公書》〈通書・二十一章〉。

指出寬狹之別，城鄉之距，使「上深嘉歎」之。此一事跡及該篇諫文大意，正史並無有記載，故本文可資參考。文末，他認爲梁襄爲人不但直言無畏，又有通才之智，才能有先見之明，故可「銘公而不愧也」。

又如〈尚書左丞張公神道碑〉情況亦似〈梁公墓銘〉，該碑文篇幅長度居文集中所有傳誌式散文之冠，所記者爲趙之舊識張行信。趙公與張家素爲好友，行筆之時可說資料不虞匱乏，加上與之情感深切，故運筆行文如行雲流水。該篇所記詳盡，明點出事件發生的時間，再敘述發展的始末，巨細靡遺，也是提供了重要的史料。

另一篇重要力作〈党公神廟碑〉，則是趙氏爲金朝一代文人書法家党懷英所著。党氏與趙不僅爲舊識，在職務上也曾有上下直屬的關係，故其對於這位亦師亦友的長官始終流露出尊敬且仰慕的態度來。首段從党懷英畢生最大的成就，即書法與文章談起。次段述其生平，其內容大致與金史列傳相合，唯卒年《金史》爲「大安三年」，本篇則詳述爲「大安二年九月」，顯較可信。且文末記載党氏出生之時與辭世之時的佚聞，正史中亦無記載，故可供參佐。

而〈祁忠毅公傳〉，趙周臣因無法遍述祁宰一生，乃就其「忠言上諫」一端，來呈現其忠義勇敢的性格。其云祁氏上書直陳金朝今非昔比，謀臣猛將不再，不宜出兵；次言宋人無罪，出師無名，恐不能得軍民之心；三言「民已罷困，興功未幾」，此爲人事之不修；其四則以爲天象不吉，此屬天時不順；最後再加以「舟師水涸，舳艫不繼」，乃地利不便。凡此五者，條理分明，突顯出祁宰能見人所不能見之智慧，以及能言人所不敢言之果敢形象。因此，其才認爲即使祁氏職非三品之內，卒後應不在議謚之列，然也要以「非常之人，當以非常之禮待之，故可謚曰：『忠毅』。」此篇以筆史敘述祁公以直遭殺，同時也側寫海陵王的暴虐好戰，並反襯出祁公仁慈與忠君之心。文末加「贊」辭，再次強調祁公的不畏忠言逆耳之果敢耿介。該篇傳記乃趙氏傳記散文中的代表作，不僅史料價值豐富，筆法也鮮活出色。

另一方面來說，因爲其所記之人物多以近親舊識爲主，故傳志式散文之寫作皆以「揚善棄惡」爲原則，文中多以表揚該人物之豐功偉業或值得稱許之事蹟，藉此塑造出人物的正面形象。

至於他「記地、記遊」的作品，大都能夠呈現出宏大的氣勢。內容多以紀錄或陳述一地之地理位置作爲開頭，將所要表現的主體先置於廣大的空間裡，先描寫直週遭事物，然後再聚焦到所要敘述的主體上，呈現一種獨特的舖墊效果。如〈磁州石橋記〉，開始則從磁州地理位置落筆，云：「北區大都，南走梁宋，西通秦晉之郊，東馳海岱之會，磁爲一要衝。滏水西來，距城四十里而近，又五里東合于漳方。夏秋霖潦，砯崖而下，漳水洶怒。則激流而上，匯于觀魚亭下者三丈有奇，呑長堤，滅兩涘。」先突顯磁州位居交通要衝，利用空間位置變換，視角自高處鳥瞰，以磁州爲中心，介紹其東南西北四方之銜接要道。其後，再將視野縮小至石橋之上，描繪夏秋之際漳水暴漲之情形。這裡，趙氏在文章中始終沒有使用過多的筆墨去描寫該橋如何籌款，如何選材，如何圖量、設計，只用「日而不笠，蠢而不褐，風經雨營，垂四十年。」十六字，簡煉地敘說「和尚覺公」與其徒「善仙」造橋時所經歷的種種艱難與辛苦，終而能修成此一堅固又宏偉的石橋。其下又以「整散兼用」的華麗字辭描繪該橋的壯麗形勢，文云：

> 如山斯屹，如月斯弓，力拔地勁，勢與空鬪，忽兮無楹，何其壯也。廣容兩軌，濠以十丈，旁鑿兩室，以泄水怒；下洞九泉，以鎮地脈。垩以白灰，制以鐵楗，標以華柱，護以崇欄。物鬼獸怪蹲伏，騰擲變態百出。屹若飛動，噓可駭也。

〈磁州石橋記〉的後半幾乎皆以典雅的詞語來歌頌石橋的美觀、工巧，並竭力將石橋之細部構造都生動的加以呈現。運用促短的音律節奏，把整篇文章帶入高潮，又從「每夕陽西下」開始，把敘事轉入抒情，語調一變爲慷慨蒼涼，猶如詠嘆調一般，使讀者心境也隨之起伏。

丁如明先生認爲，由這些文字中不難發覺，趙氏此作是仿自歐陽脩的〈豐樂亭記〉，歐公在〈豐樂亭記〉中忽然夾入「滁於五代干戈之際，用武之地也」，以引起歷史今非昔比的感慨，和趙行文的格調類似。兩篇文章都充滿抒情思想，然趙周臣除仿歐陽脩之語調外，亦有自己的風格特色，其辭氣則更帶有感激的情緒，所以視野也更寬廣〔註 39〕。最後，文章再以「銘」來稱揚該石橋所發揮的社會聯繫作用，並巧妙的歌誦先王與當政者的聖明。總之，此記雖只是單純紀錄一項建築設備，趙周臣就可以用各式的形容與比喻，以華麗的語言組織成文，文勢磅礴，結構亦不失完整，是一篇頗値得玩味的作品。

〔註 39〕丁如明著，《中國散文寶庫・遼金元散文》，上海書店出版社，2000 年 2 月，頁 65。

趙秉文晚年所表現的文風，迥異於前，不時流露退隱之思。〈遂初園記〉則是一例，該篇文章亦是單純紀錄型的作品，其記遂初園等八景，乃趙氏致仕後所退居之地。在「卷四」中有〈遂初園八詠〉，即以此八景爲題，各爲之吟詠的古詩。此記則以描述遂初園之地理位置入筆，其云：

> 滏水西來，枝分屬龍門堰入城，溉園田十餘里。城之西北隅，有園臨先塋往來道，與故翰林學士王公子立「成趣園」相鄰。

其下再述園內週遭各景曰：

> 其北……，名其莊曰「歸愚」。少南……，有亭曰「翠眞」。又南……，由竹徑行數十步……，軒之名曰「琴筑」。稍西，臨眺西山臺之名曰「悠然」。其東……，菴曰「味眞」。

文章以空間敘述法，標示其方位，逐一寫出「遂初園」、「歸愚莊」、「閑閑堂」、「翠眞亭」、「佇香亭」、「琴筑軒」、「悠然台」、「味眞菴」等八景。後半部則寫自己於此園中安享晚年，兒女既已「婚娶都畢」，而「斷置家事」，故南歸以後，可以「布衣一襲，糲飯一盂」，過安貧而悠閒的生活。前半寫景，後半則寫意，文字平實，令讀者讀來似能親身感受其退隱後之閒適。無怪乎鄭靖時評此篇爲：「辭采明潔，述事寫情詠志，約而達，眞而醇，高而明，爲集中上品。」〔註 40〕

此外，以空間敘述作爲寫作素材的作品，尚有〈雙溪記〉。該記是趙氏針對尚書右丞侯侯摯所作，以其置產之處恰有「雲溪」、「浪溪」經過，藉二溪所發聯想，以「客問」與「公答」組成對侯公的一番頌揚。

首段即述雙溪的地理位置與其形勢，藉週遭環境及建築等，展開一連串對侯摯政治功績的稱美。在略顯冗長的鋪陳之後，末段又與首段相互照應，回到以歌頌雙溪爲主的詩歌形式。這篇文章主要闡述傳統士人，以受知於帝王，得以在政治上施展抱負，建功立業，有益於國家，爲畢生之榮耀，在物質生活上已得豐厚的饋賞，這對侯公而言，都已做到了。然侯公不願居功，反尋求退隱江湖，確實明白明哲保身之道。趙氏雖未明白說出侯公眞正致仕之因，然文中也隱約透露出侯摯對於金朝末年國勢不振的無奈感，會急流勇退，也是時勢使然。作者運用了一連串排比句，使文氣更爲振起。此篇記敘文幾乎純粹以歌詠雙溪及侯公爲主，雖無特別之處，然結構嚴謹，亦不失爲

〔註 40〕鄭靖時著，《中興大學中文學報》，〈「金源一代坡仙」——趙秉文〉，民國 80 年 1 月，第四卷，頁 171。

一篇佳作。

丁如明先生認爲：「〈雙溪記〉在章法上明顯地受到韓愈〈李愿歸盤谷序〉的影響。開頭寫山水形勢，中間兩層相反的文字，最後以歌詞作結；文字也有相彷彿處。但是就文章的氣派與文字的尖銳潑辣、渾然流轉來說，則〈雙溪記〉要遜色許多了。」〔註 41〕但丁氏也提到，這並非全然是文章技巧的問題，也關涉到文章所要面對的對象問題；韓愈文章所寫的對象是懷才不遇的李愿，自己也是處於失意的狀況，所以不免要大發牢騷，以爲發洩。至於趙周臣，所著之文的對象是「得時行道，立功名於天下」的侯公，所以顯得委婉許多，正是兩文差異之關鍵。

綜上所述，可知其單純紀錄型之散文形式亦多彩多樣，或以描述他人，或以自我爲中心，闡述個人經驗、感受與想法，以砥礪後世。然而，其所記之情景與人物，除了偶有生動的想像描摹外，並沒有一絲虛構成份，所記詳實、懇切，是最重要之特色。

二、寓意寓理型

趙秉文的記敘文章，大多數是含有深刻意涵的，可以引發讀者深思，其中包含著軟性的寓意，與帶有濃厚說教氣息的議論性文章。以〈寓樂亭記〉爲例，這一篇文章的主題，緊緊扣在一個「樂」字上，趙周臣以「某問」帶出議論，以正、反兩面來述說世俗之人，往往身在「樂」中不知，反而終日醉心於名利，不能體會眞「樂」爲何。並以史實作爲論證：

> 若夫南馳鉅鹿，則主父之所以困沙丘也；北走恒山，則簡子之所以得寶符也；西挹井陘，則韓信之所以破趙壁也；東接冀郡，則光武之所以趨信都也。自今觀之，蓋世力盡化爲灰塵，忽焉如飛鳥之過空。蓋將訪其遺迹，但見孤城斷址、煙雲草樹而已。方其寓世而不知其寓也，沉酣于醉夢之場，而馳騖於功名之會，至於芒然疲，溘然盡，其亦知有不疲不盡者乎？

這段文字實實在在的點出趙氏對人生的無限感慨，感情十分投入，也能引起多數讀者的共鳴。文末則又將主題扣回「樂」字，說明爲何將此亭命名爲「寓樂亭」。全文前後呼應，文字亦精美，堪稱上作。

〈種德堂記〉與〈寓樂亭記〉行文風格相似。文中討論「種木」與「種

〔註 41〕丁如明著，《遼金元散文》，頁 172。

德」相異之處，說明凡爲善之家，必得回報，「如持印劵鑰合，取所寄物，不在其身，即在其子孫」。趙秉文認爲，正如東坡先生所言，表面上蒼天未有擇善人而賞，或專擇惡人以罰之，然冥冥之中，必有所報應。次段，其區分兩種人：一種是「無德而富貴」者，此乃天地間一大「巨蠹」，然此種人往往「朝爲榮華，夕爲憔悴」，乃因其「種木不種德」所致；另一種則如芝蘭香草般，自託于深林幽谷之中，雖默默無名，然以德性自居，故可稱爲「種德不種木者」，如相如、子雲、李白等均是，皆天地精英之氣匯聚，不能常有，亦不能延續。末段則又舉出「種德之家」雖遭污陷而一時家道中落，然其「子孫興者十八九」的歷史證據，最後再引《詩經》之言結尾。

這一篇〈種德堂記〉處處扣緊題目以行文，未有一處離題，雖名爲「記」，實爲一說明文，以「種德堂」之名引發聯想，寓深遠之涵義於記中，讀起來不但感覺行文流暢，也能引人深思。

而〈葉縣學記〉，雖亦以「記」命篇名，然實際上卻是他闡述自己觀點的作品。該記分爲前後兩部分，前半部皆言道德性命與五倫之說，其入筆即云：

> 太虛寥廓，一氣渾淪，日而月之，星而辰之。噫以雷風，竅以山川，動靜合散，消息盈虛。獨陽不生，獨陰不成，一則神，二則化。所謂一，太極也。極，中也。人受天地之中以生。天地能生之，不能成之；父母能育之，不能教之。……

所言與〈卷一〉之「大學」諸篇相較之，則實可爲趙氏思想的一個總合整理後的「概論」。後半部則言好友劉從益自監察御史出任葉令以來，與其子劉祁對於葉縣之教育與建設，無不積極投入，頗有貢獻。及劉氏入翰林後，又有剋石烈君相繼爲政，使葉縣人民皆能服其教化。觀其文則前後兩部分可以完全分離，然二部分相合，則可以說是以前半部的「說」，引發後半部的「記」。前半部一再提及教化問題，如：

> 父母能育之，不能教之。有聖人者出，範以中正、仁義。……自唐、舜、禹相授受，以精一大中之道，歷六七聖人，至孔子而大備。

又云：

> 立天下之大本，贊天地之化育，其教人始于戒慎恐懼于不聞之間。……聖人得其全，賢者得其偏，百姓日用而不知。

這些文字本與葉縣無直接關聯，然其眞正作用乃爲聯想之源頭，再以此引出劉氏父子與剋石烈君對於葉縣所盡之教化之功，並以聖人賢者相喻之。

另一篇〈商水縣學記〉也是一寓理於記的作品，其首先以「孟子曰」、「孫卿子曰」、「楊子曰」諸聖賢名言來切入「人人皆可爲聖賢」的道理，並由此爲主旨，推衍出以下的說法，其云，就算資質不佳者，然「十駕不輟，斯亦千里而已」，在勤能補拙下，終可與聖賢媲美。他又認爲，聖賢之所以總爲極少數人能稱之，是因爲大多數人的本心與本性，往往陷溺於利欲之中而不自知，必須依靠不斷的「學」，才能使「心」恢復以往的清明，便能與古人聖賢相去不遠。其話鋒一轉，再以「學」爲主，開啓議論，其云：

> 今之學者，則亦異于古之所謂學者矣？爲士者，鉤章棘句，駢四儷六，以聖道爲甚高而不肯學，敝精神于蹇淺之習，其功反有倍于道學而無用。入官者，急功利，趨期會，以聖道爲背時而不足學，其勞反有病于夏畦。而未免爲俗儒，盡棄其前日之學，此道之所以不明也。……豈先聖所以教人，老師宿儒所以望于後生也哉？

藉感嘆世人往往以爲學習高超的文學技巧才是眞學，卻忽略聖道的眞諦。最後再以商水縣地靈物秀，終應有賢人輩出作爲勉勵與結尾。

本篇佈局類似〈葉縣學記〉，皆以聯想法將「理」與「記」結合，前半部著重闡發道理，後半部才是記的內容，藉由聯想方式帶入主題，一方面可使記文不至單調乏味，另一方面，前半部之說理也可用以警戒後世學子，深化內涵，此亦可說是趙周臣匠心獨運之處。

另一篇〈適安堂記〉亦是喻理寓意的佳作。其首段客問道：「子將無適而不安乎，亦適意而安之乎？」然子山以「適吾性而已」答之，卻被客反駁，客認爲專以「適性」，則非使心全然能「安」，乃因「苟以採山釣水爲適，則忘其君；聲色嗜欲爲適，則忘其親。忘親則不仁，忘君則不義，子安之乎？而且奚適哉？」這說明了所謂的「適」並非任性而爲，而是能在各種環境之下都能隨遇而安，眞正達到「無入而不自得」的境界；而「適意而安之」則是片面性的追求個人安好，「無適而不安」則代表心靈全面的安寧。藉由問答來糾正世人的觀念，也對「心」作了一番重要的探討，最後，再點出「客爲誰？滏陽趙某也。」給讀者回味無窮的感受。

以上所述，可知趙氏的記敘類散文，所呈現的亦皆是正面而樂觀的態度與思想，沒有所謂沉痛的言語，或悲憤的感慨，這點與唐宋諸家之遊記相比截然不同。這正反映出趙性格的樂觀進取，並企圖將進取的態度傳達給世人後代，尤其是以「學記」爲題名的部分，更顯積極進取；同時，其仕途尚稱順遂，少見對現實表達不滿的字句，故能平和地引人深思，並受其影響。

第四節　其他應用類散文

趙周臣的散文，除上述論說類與敘述類外，尚有一些應用類文章，如：詔諭、書、表、冊文、誥、制、頌、箴銘等。由於篇幅較爲短小，且藝術特質亦相對薄弱，故將等統稱爲「其他應用類型」。今就其文體及用途分爲「箴銘」、「頌贊」、「詔令」與「奏議」四類，並作簡略之介紹與分析。

一、箴銘類

《古文辭類纂》云：

> 箴銘類者，三代以來，有其體矣。聖賢所以自戒警之義，其詞尤質，而意尤深。〔註42〕

可知所謂箴銘是用以警戒自己或規勉他人的文章。箴銘大多數篇幅短小，爲達諷喻效果，讀來順口悅耳，又便於記憶朗誦，故一般多採《詩經》之四言韻文來呈現。文集中〈卷十七〉專收趙秉文箴銘類文章，共一箴九銘〔註43〕，篇短句潤。例如〈富義堂銘〉云：

> 富于利者，惟日不足；富于義者，亦惟日不足。不足于利者多辱，不足于義者無欲。多辱之辱，其禍常酷，無欲之欲，其樂也獨。是謂不龜而卜。

此處以「富於利」與「富於義」作爲反襯，又以「多辱」與「無欲」二者，簡潔有力地對比，文學效果十分突出，並押「入」聲韻，以顯其節奏。〈娛室銘〉與其類似，其云：

> 外樂者，逐物而喪氣；內樂者，忘己而無累。逐物之積，至于與禽獸無擇；忘己之積，至于與天地相似。然則，可以擇其所嗜矣，故曰：「少年娛于酒色，富者娛于利，事者娛于祿，而君子娛于道與義。」……

一樣是以「外樂」與「內樂」二者爲主體，互爲對比以明其別。

趙氏之箴銘之作，大多是自我惕厲，故多採直筆，可立即見其意旨所在。

〔註42〕姚鼐著，《古文辭類纂》，台北：中華書局，民國55年，〈古文辭類纂序目〉。
〔註43〕《九金人集》等加錄〈克齋銘〉，然該銘有目而無詞。詳見附錄二目錄整理。

就其思想內容來看，大多爲戒己之「德」或戒己之「學」，字數雖短，然力道遒勁。如〈思齋銘〉：

金煉乃精，水澄則清，克之又克，天理自明。

該文簡潔而有力，以「金」與「水」爲喻，是「以物爲銘」的代表。又如〈時習齋銘〉云：

朝乎習，夕乎習，惟學日益，爲道日積。

該文亦明快條暢，改「惟道日損」爲「惟道日積」，以勉勵學子，應「學」「道」並重，不宜偏廢。

二、頌贊類

《古文辭類纂》云：「頌贊類者，亦施頌之流，而不必詩之金石者也。」〔註 44〕而「頌」又是取義自《詩經》，本爲王道治平，美盛德之形容，上告神明者也；其措詞多以「遊揚德業，褒贊成功」爲指歸。至於「贊」則亦讚美人物爲主，有時也用以褒揚書畫。不論是「頌」或「贊」，其體制皆與箴銘類相似，且大多以四言或七言韻語呈現，但功用與性質卻迥然不同。

趙氏有四篇贊文，四篇頌文。其贊文篇幅較爲短小，〈闕里升堂圖贊〉是一篇篇幅較長的褒畫之作，藉由觀畫產生聯想，運用了許多比喻的手法來寫孔門弟子之德行，其云：

掉乎其明，如引星辰而上也；窈然而幽，如窺鬼神知情狀也。根而幹之，爲德行政事；枝而葉之，爲語言文章。其精神爲道德性命之說。其教人有序，亦不越于起居飲食之間，進退灑掃之未。及其仰之而彌高，測之而益深，然後知其不可量也。……

至於其之頌文，則集中在〈卷十六〉中。四篇中以〈聖德頌〉文字較爲平實。其先以古之三王二帝不重寶物，惟以仁賢爲寶，又以孔子不書祥瑞於《春秋》爲喻，說明當今聖主不取百姓所盡諸瑞物，乃「上以符孔子之格言，下以合二帝三王之治。」故可以爲聖。其下又以聖主即位後所施行之政策加以稱頌，其云：

拔忠良之臣，退貪暴之吏，平刑釋冤，以重民命，輕徭薄賦，以紓民勞。聽言以盡下情，思政以答天望。和戎以息兵，平賊以除害。明詔理官，不得法外生情；申勒御史不得苛細生事。小遇水旱，則

〔註 44〕《古文辭類纂》〈古文辭類纂序目〉。

> 減省賦租云云。……若夫抑祥瑞而不奏，光武、文皇之明也；求賢憂民，唐虞之心也；內修政事，外攘夷狄，宣王之功也。誠能法文王之純不已，如成湯之德日新，則太平中興之功，指日可待。

這篇頌文，用字工整，整散兼用，讀起來朗朗上口卻又不失其平易風格。作者以當今聖上之政績作爲材料，並運用歷史上聖賢之事，來正面烘托當今聖主的豐功偉業。

三、奏議類

《古文辭類纂》云：「奏議類者，蓋唐虞三代聖賢陳說其君之辭，《尚書》具之矣。周衰，列國臣子爲國謀者，誼忠而辭美，皆本謨誥之遺。」〔註 45〕《辭學指南》亦言：「『表』，明也；標也，標著事緒，使之明白。」可見「表」是一種「以下奏上」的作品，其構成則以事爲主，以辭爲輔。至於《文集》中之「表」，其文多工整，其辭亦優美。以其內容觀之，或用以陳情，或以謝恩，或以祝賀、進呈，或以辭免。

集中有十九篇表文，這些表文雖拘于形式，不乏「以辭害意」之作，然亦有「文情並茂」之篇。其中，兩篇「乞制仕表」即可稱爲佳作，如〈平章乞制仕表〉：

> 恩厚身輕，莫有涓埃之報效，力微任重，豈逃天地之鑒臨，恐貽覆餗之羞，輒有避賢之請。中謝。臣聞忠臣不敢受無功之賞，明君不能蓄無用之材。早際休明，偶塵任使，適邊隅之少警，備行列之局前。……而臣才僅止于此，豈微軀之敢愛。慮賢路之久妨。伏望皇帝陛下，廓日月之明，回雷雨方施，別求俊異。俾就退閑，使臣無居寵之嫌，得安常分，而國有得賢之助，早致太平。

〈左參政乞制仕表〉篇幅較短，然正亦可見其暢達雅之文風，〈表〉云：

> 臣性惟朴魯，材本下愚，素好道家之言，本乏時才之用。偶塵任使，無補涓埃。……王衍清談，而本非經國；房琯虛學，而素不知兵。在乘平猶可尸居，而多難將來何補。豈但人言之可畏，實于賢路而有妨。況從改歲以來，已及懸車之際，陳力就列，不能者止。投閑置散，乃分之宜，豈可徒戀明恩。……

趙氏任官多年，且年事已高，心力俱疲，漸萌退隱之心，故兩篇奏表皆直陳

〔註 45〕《古文辭類纂》〈古文辭類纂序目〉。

己之駑鈍，而乞求解職致仕。觀趙周臣二表文，實能達己意，雖極盡謙虛之辭，然頗自然切當，且能運用典故，以「王衍」、「房琯」自比，陳情懇切。以篇幅而言，則不冗長，讀之簡明易了。

再觀〈進呈章宗實錄表〉一文，乃趙參與同修《章宗實錄》完成後，隨書上呈的表文。該文先以古有《尚書》以存人君之德，揚天之洪休發論，再言昔時金章宗光膺大業，能行不忍人之政以彰天下，故詔眾儒臣以編實錄。全文文字精美雅正，雖重褒頌，然亦能以氣運辭，暢通全篇，且脈落一致，亦不失爲一佳作。

四、詔令類

《古文辭類纂》云：「詔令類者，原於《尚書》之〈誓〉、〈誥〉。」是知詔令乃爲一種「以上勒下」的文字，故常帶有「訓飭戒勵」的語氣，以昭告天下。其內容多以宣揚德威爲主，並以正大、尊嚴、仁愛之心爲貴。此外，「書」則是兩國居平等之國際地位時，相互來往的公文，又稱爲「國書」，其內容或以求和，或用以祝賀等。趙秉文之詔令類文章集中在〈卷十〉，其中〈答夏國告和書〉亦頗具特色，今將部分文字迻錄於下：

> 以生民爲心，不以細故而忽生民之命；以天下爲度，不以私忿而傷天下之功，惟我國家。奄宅中外，威制萬里，恩結三方。高麗叛歸，卻而不受；孽宋既服，免其稱臣。苟可利于生靈，有不較其名分。矧惟大夏，時我寶鄰，盟誓既言百年于茲，恩好若一家之舊。……審此輔車之勢，屬我脣齒之邦。與其厭外夷之陸梁，孰若結諸夏之親昵。眾既烏合，罪復貫盈，彼物極則終衰，此數離而復合，且鬩牆猶可禦侮，況同舟何患乎異心。

觀此篇文字雅正，立場既無傲強之勢，亦不居卑弱屈膝；極言金朝凡事以生民之利爲度，在眾國烏合瓜分弱鄰之際，能與夏國友好，同禦外侮，才是明智之上舉。文章既能動之以懇切之情，又能說之以明確之理，足見趙氏護國之心切，及其善於說理之功力。

綜上可知，趙秉文在金源官拜六卿，頗受朝廷重視，又享譽文壇而爲一代文宗，故凡諸官方典冊、謝表誥令等，多出於其手，鄭靖時評之曰：「大抵簡直明達，契合章法，考金代官方文書，謹守程式，相沿成風。」〔註 46〕其

〔註 46〕鄭靖時著，《中興大學中文學報》，〈「金源一代坡仙」——趙秉文〉，頁 173。

雖實用價值較高，藝術價值較低，但總體觀之，內容多簡練而懇切，篇篇皆爲雅正之作。

第四章　論說類散文章法分析

在論說類散文部分，劉勰《文心雕龍・論說篇》有云：「原夫論之爲體，所以辨正然否。」又說「論也者，彌綸群言，而研精一理者也。」〔註1〕可知此種文章是爲明辨曲直，通過事物客觀的現象或比喻，推引出眞正道理，讓人深入了解問題的核心，並使人信服。因此，不管是說明或者議論性文章，內容都以邏輯性強、條理清楚、觀點明確客觀爲關鍵。趙秉文論說類散文使用之章法有：開門見山法、一論一證法、數意翻駁法、一問一答法、層遞深探法、駁正揭明法及譬喻入筆法。

第一節　開門見山法

趙周臣之論說類文章，大多不拖泥帶水，往往起筆即清楚的將題旨點出，直接地切入主題再加以申論。如〈知人論〉始云：

> 天下之患，莫大于有間。小人者，因其間之可入，投巇抵罅，無所不至。其始也，僥倖于一切之利，而不圖後患，而其末也，至于國家覆敗，而不可支持，未嘗不本乎小人之爲患也。……所謂小人者，又非其貪如盗跖，賊如商臣，讒如惡來，汰如欒黶之爲難也。譬如猛虎猘犬，人得執而殺之矣。其要在乎小慧似智，矯諫似忠，趍趄盤辟以爲敬，内厚情深以爲重，見小利而不圖大患，邀近效而不知遠慮。主有所向，則逢其惡而先之；主有所惡，則射其怒而遷之。

〔註1〕劉勰著，《文心雕龍》，台北：台灣商務印書館，民國70年10月，十五版，卷四〈論說第十八〉。

其詐足以固人主之寵，其信足以結人主之知。

顯而易見地，趙氏在此文中，首段即切入主題，點出題旨所在，認爲天下大患來自小人投機僥倖，謀取私利，無所不至，終至國敗家亡，隨後又立即剖析小人的行徑，描繪小人的嘴臉，生動展現知人之論。

又如〈直論〉亦爲一例，其入筆則云：「傳曰：『正直爲德』，詩曰：『靖恭爾位，好是正直，神之聽之，介爾景福』然則直之爲德且祥也明矣。」先用《左傳》與《詩經》中關於「直」的論點，先爲其下之論述下一明確之定義，再云：「何以明之？人之心，莫不好直而惡曲；其反是者，有物蔽焉耳。」說明人明知正直爲一美德，卻往往因「貪怯」、「親疏」、「厚怨」之別而不能秉直論事。次段末句再重申「然則直之爲德且祥也亦明矣」，不僅與前段相互呼應，且不斷扣緊題目而論，手法卓絕。

第二節　一論一證法

趙之論說類文章尤以政論喜引史例以證其論述，因其對歷史有通盤之研究，故爲文往往先論述一段以立其題旨，再舉相關聯的歷史事件、人物加以佐證，以一論一證之法，援古證今。以〈總論〉爲例，其起筆則立即點出政治理念應以「道」、「仁」、「義」爲本，次言政策與制度等，點明：「質勝華，則治之原也，華勝質，則亂之端也。國家之興，未有不先實而趨于華。華之極，則爲奢爲僭，爲奸爲僞，則日趨於亂矣。」以此爲論點依據，隨即舉秦、漢、五代、天寶末年之事證之。再承上以論云：「仁者天之道也，義者人之事也。人定勝天，天定亦能勝人」，並爲證此說，又多舉史例證明，最後才歸納爲：「不仁而得天下者，亦有之矣，不仁而世數長久者，未聞之也」，作爲結論。

此種論述方法，在〈答李天英書〉中亦顯見之，文中劃分爲三個主題，然後以一論一證之法，層層緊扣，使眞正題旨不言而喻。首段先寒暄數句，符合書信體例，次段則進入第一個論點，曰：「古人之詩，各得一偏，又多其性之似者，若陶淵明、謝靈運、韋蘇州、王維。柳子厚、白樂天得其沖淡；江淹、鮑明遠、李白、李賀得其峭埈；孟東野、賈閬仙又得其幽憂不平之氣，若老杜可謂兼之矣。」認爲古代詩人秉性各得一偏，以「若」字帶出清楚的實例。其二論云：「足下以唐宋詩人，得處雖能免俗，殊乏風雅，過矣！所謂近風雅，豈規規然如晉宋詞人蹈襲同一律耶。」此下又以「若曰」二字帶出李屏山認為「子厚近古，退之變古」等種種爭議，雖然見仁見智，然終不應改師古之心，否則便如「彈琴不師譜；稱物不師衡；上匠不師繩墨」般荒謬；三論「盡得諸人所長，然後卓然自成一家，非有意于專師古人也，亦非有意專擯古人也。自書契以來未有專擯古人而獨立者。」而後又以「若」字帶出揚雄、司馬相如等師古人而能自成一家之例以證。

凡此三論，各論點雖可分立，然而實則處處與題旨相契合，層層論及主題，氣脈灌注而又能相互敷佐。且一論必有一證，不止就李天英的文學觀念加以糾正解說，也能表明本身論點的完整性與說服力。

第三節　數意翻駁法

趙秉文寫論說類散文時，有時站在超然客觀的角度，先提出一問題，然後就此問題發出兩種以上的論點，數意互翻，並不明言優劣，然得失自觀。文集中，〈侯守論〉乃此種章法之代表，首段起筆則云：

> 或問:「建侯置守孰為得？」曰:「皆是也，抑皆非也！」何以言之？曰：三代封建，則守在西夷。而其敝也，有尾大不掉之患；秦罷侯置守，則制在一人，而其衰也，有天下土崩之勢。此天下之所覩聞也。

其文首段入筆即切入重心，先以「建侯」「置守」孰勝提問，激人深思；再以「皆是也，亦皆非也」鋪陳兩種截然相對的論點；在舉完「三代」與「秦」二朝之史例之後，展開對於所有史上政治局勢的分析，用以說明天下太平之時宜行郡縣，紛亂之時則宜用封建治理家國之因。末段結語才明確的指出在彼時況下，若施行封建「其利有三」。如此一來，就算眾人再如何排斥封建制度的施行，經由趙學士數意翻駁後，定能接受其觀點。

第四節　一問一答法

問答謀篇者，自古有之，蓋一問一答之間，得收貫穿文義之效。周臣亦善用「一問一答」的模式撰寫論說類散文，以建立無隙可攻的論勢。今舉〈蜀漢正名論〉一文為例，其中在談及「誠」與「不誠」的觀念中言道：

> 或曰：誠固天德，其如人偽何？曹氏父子，所以付託司馬懿者，亦已至矣，而卒以簒奪，果在推誠哉？曰：曹氏欺孤問鼎，何嘗一事

> 出于誠？使有孔明，不爲用也，至於託孤，曰：爾無負我……曰：然則先生借荊州、逐劉璋，果皆出于誠乎？曰：使先主一出于扶漢，此亦兼弱侮亡之道，唯其不忍須臾，以即尊位，使人不能無憾。

由上述內容可以清楚的見到，使用一問一答的模式，以「誠」爲審定標準，辨明何以蜀漢爲優而曹魏爲劣之因。先後站在各種角度，假設種種情況，再逐一爲之作答申辯。這種從問答中謀篇布勢，沙盤演練的獲得認同的章法，也見於〈性道教說〉一文，其云：

> 或曰：歐陽之學失之淺，蘇氏之學失之深，雜而不純，何？曰：歐蘇長于經濟之變，如其常自當歸周程。或曰：中庸之學，孔子傳之曾子，曾子傳之子思，而後成書，不以明告群弟子，何也？曰：詩書執禮，皆雅言也，雅之猶言素所言耳，至于天道性命，聖人之所難言……。

趙氏顯然窮究經傳百家之言，故論道言理可說無不成章。此段反覆使用「或曰」、「曰」來構成一問一答的論勢，先設問，再解之，再設問，再破之。既可加深文章之深廣度，更可使論點面面俱到。

問答模式的謀篇章法，處處可見，如〈侯守論〉之前半，多以「或問……曰……」、「何以言之……曰……」、「何則……」、「昔謂……」、「或曰……曰」等形式，反覆詰問而使文生波瀾，不至板滯。其他尚有〈唐論〉、〈遷都論〉也都有使用詰問法來組織成篇，可見此乃其喜用之章法。

第五節　層遞深探法

只需單純闡述道理的文章，如卷一「大學」類諸篇，其多以「說」字定篇名，或仿韓愈以「原」字定篇名。趙氏在這幾篇文章中語氣明顯爲和緩，不似卷十四諸「論」類文章。這幾篇散文大多是每段各有其中心思想，然而總合卻可爲文章主旨。換句話說，幾乎都是論點分散，遍溶於全篇之中，找不到眞正具體的代表句，然而各論點卻都向同一主題集中。

以〈中說〉爲例，每段幾乎可以各自分立，然每段又互有關連。從第二段開始到文章結束之間，其使用三個「然則」來作爲轉折語氣，深化內涵的語詞，其云：

> 然則中者和之未發，和者中之已發……然則寂然不動，赤子之心，

> 非中與，曰：皆是也。……然則聖人所謂中者，將以有爲也，……

在這一段文字裡，每一「然則」之後便轉入另一層次，每一層次又可各自獨立，雖層層獨立卻又皆能扣回「中」的主題涵義，最後才以「中則和也，和則中也，以言其究，一而已矣」作總結定義式的結尾。由此可知，在〈中說〉中，其把「然則」當作段落間的橋樑，如此以詞銜接轉換每個層次，全文針線緊密，搭舟引渡，使人不致在任何一個部分游離脫節，可順利掌握眞正主旨。

另外〈誠說〉亦是採遞轉遞深的謀篇方式，起筆先言「誠」由「道」生，再逐一說明「養誠」、「事誠」與「致誠」之理，再依如何「盡誠」之先後次序，展開問答式的意義推衍，其云：

> 不欺盡誠乎？曰：未也，無妄之謂誠，不欺其次矣……無妄盡誠乎？曰：亦未也，無息之謂誠。……無息盡誠乎？曰：亦未也，贊化育之謂誠。……此成己成物，合內外之道也，可以盡誠乎？曰：至矣，未盡也。

此段以一問一答之勢，步步深入詮釋「盡誠」之核心法則，使讀之不但有波瀾起伏之感，也隨層次不斷推進而有遞轉深化之文勢；文章最後以「不動而變，不行而誠，不怒而威，不言而信」作爲「誠」說總結。

第六節　駁正揭明法

趙周臣爲文立論，也有先就題意廣泛整理古今之解與各家之說，然後翻去這些常解，自立新意，一一反駁以展開論證。如〈性道教說〉入筆及言「性」之本意，從「性之說難言也，何以明之？」開始，遍舉「老子」、「荀卿」、「揚子」、「韓子」等各名家對「性」的定義，後又以「非性之本也」一句全然推翻，並標舉《學記》之解爲正而述性之本體等。可惜此篇文章中段以後，僅闡述「天命之爲性，率性之謂道，修道之謂教」而已，未見謀偏佈局之功力，且結尾云：「然則，自何而入哉，曰：愼獨」，顯然語意似未終結。

〈遷都論〉一文，亦是以駁正之法來入筆，其云：「東坡有言：『周室之壞，未有如東遷之謬者也。』僕則以爲不然，使平王不遷，亦不能朝諸侯而撫四夷也，幾何其不胥而爲夷也。」

該文首段以周室遷都與否之辯入筆，認爲「事有緩急，勢有強弱」，駁去東坡所言。再以遷都爲題援古證今，分析遷都，應「形」、「勢」、「本」並重。

此外，駁正揭明的論說方式，於〈中說〉一文亦頗爲明顯。此文一樣是開篇即列舉出各家之說，不同的是並未一次就推翻各說，而是讓各說相互矛盾以顯其優劣，其云：

> 蘇黃門云：喜怒哀樂之未發謂之中，即六祖所謂不思善惡之謂也。發而皆中節謂之和，即六度萬行是也，藍田呂氏曰：寂然不動，中也；赤子之心，中也。伊川又云：性與天道中也。若如所論，和固可位天地、育萬物矣，只如不思善、不思惡，寂然不動赤子之心謂之中，果可以位天地育萬物乎？

可知其表面留下疑問，然卻已將事實清楚道出，不需加以「駁正」，而改以「揭明」方式呈現，使問題核心不言自明，其手法巧妙高明。

第七節　譬喻入筆法

趙氏的散文使用譬喻來入筆雖不多見，但卻顯見特色，如〈東漢論〉即是很典型例子。其云：

> 善治病者，必知脈之虛實，病之大小，治之逆從。微者逆之，甚者從之，寒熱通塞因時。有時故疾未除，更生他疾，參伍其宜，徐以制之，夫然後病可爲也。東漢自明章以後……是後群公欲盡誅內官，內官既除，而漢亦亡。譬猶故病未除，益以他疾，其證已危，當以飲食醫藥，漸以制治之，一用驟藥則大命去矣。故毒藥十去六七者，良爲此也。

全文用比喻開端，藉人人可懂得的簡單醫理，將抽象深奧的政治理論具體化、形象化、淺易化，對於其下所舉之史例也更能清楚了解作者所要切入的問題核心爲何。其論東漢自明帝、章帝以後，國家開始衰敗，外戚與宦官專權，使政局逐漸顛覆，猶如人罹病之初不易察覺；等到黨錮之禍起，似舊病未除，又染他疾，想要力圖改革整治，也已經無可救藥了。値得一提的是，〈東漢論〉與〈西漢論〉相同，在論述該時代整體政治局勢時，都使用時間順序法，儼然如史家敘史，並以第三人稱將獨特的論點加入客觀的敘述之中，此乃趙秉文慣用的行文手法。

第五章　敘述類散文結構分析

趙秉文的散文中，敘述性文章數量不少，與政治性或議論性的文章風格迥然不同，少了論說類免不了的強勢雄辯色彩，這些以描繪人、事、物形象爲主的記敘文，顯然溫婉許多，加上靈活鮮明的表達方式，神韻畢現。

第一節　借一論之

正如劉熙載《藝概・文概》中所云：「人多事多難遍論，借一論之，一索引千鈞。」傳記既無法遍述一人一生之中所發生的大小事件，故只能以最重大或者最爲突出而有貢獻的事蹟作爲主軸加以描繪，運用巧妙地刻劃手法將其人性格、行事盡量的呈現出來。趙周臣亦習慣透過敘寫其人生平遭遇，或者至理名言，來塑造人物的形象。他常刻意用具代表性的言行舉止來表現傳主的的特色，也能因此使每篇傳志式散文有不同特色，不至於落入陳腔俗套。也由於刻劃了不同的人物性格，強化了主體的典型化與形象化，所以使每篇作品都能具有較高的文學性。

周臣爲人物作傳，並非一味的有聞必錄，或者詳列傳主的生平履歷，而是對原始材料進行剪裁與加工，概括提煉後，選取典型的事例成爲代表性的材料，組織成篇。以〈遺安先生言行謁〉爲例，該篇文章所選之素材幾乎都與其待人接物有關，以此爲主軸，巧妙地將所有材料交織出人物的整體形象。首段介紹其大概的生平後，即切入重心，申言王遺安乃因「孝於親，友於弟，誠於人，篤於己」而能遠近馳名，其後又點出「先生天性謙至」，待學生「反若居己之上」，並敘述其待人之道來彰顯王遺安之德性，碣云：

> 先生敎人先行後文。與人交，終始不易……所與遊，皆世知名士。……及與貧士談，兀坐終日，不知誰爲主，誰爲客。嘗冬日詣一親知家，會坐客滿，主人貧窶，爲代給所須。坐客疑其寒，物色所得，乃典錦衣以贈也。喪其母，鄉鄰或賻以布帛，拜而受之。異日，復歸其人。曰：「吾親安吾貧，義不可受也。」其廉介類此。

趙氏舉出遺安先生生活瑣事，表現其謙虛自持與安於淸貧的性格，不但與前文互爲呼應，也能興發見賢思齊的嚮往。

另一篇〈姬公平叔墓表〉也是此類佳作，文中起筆先交代姬端修卒時與官爵後，誄云：「梁木其摧乎，正人其萎乎，微夫子吾誰歸乎」，開啓以下爲何世人「孰知平叔之賢」之因。第二段才開始描述端修生平之言行事蹟，如曰：

> 與人交，怡聲下氣，姁姁若無能，至臨大事、遇大患，雖頹嵩嶽，不吾壓也，此一反。生平不善讀佛道書，拳拳如奉戒律，寡言笑，不飲酒，屏絕聲色，年四十餘，喪其配，遂不復娶，終身無媵妾，此二反。家素殷羨，未嘗有綺繡之奉，鐘鼎之食，視一物若靳惜，至田宅之券，盡推其姪輩而弗子，曰：「吾先兄之所積也」，此三反。

其描繪姬端修，言簡易賅，以三件小事來表現其人謙沖自牧、安貧樂道的性格，使人讀之，不得不對其先肅然起敬；後又敘述其不屈權貴勇於直言等事，來表現出端修不隨波逐流與忠肝義膽。無論在選材與寫作順序上，都稱高妙。

第二節　夾敘夾議

在趙秉文的記敘類文章中，往往難以將議論文字完全抽離，尤其以所紀錄者有特別値得褒揚或駁斥者，總是免不了要在敘述文句中增添自己見。

以〈祁忠毅公傳〉爲例，這是唯一一篇以「傳」字定篇名的文章，全文素材皆扣緊祁宰因「諫伐宋」而遭殺一事。敘述中有議論，議論中有敘述，正是本文突出的寫作手法，篇幅雖不長，然趙氏筆下，祁公性格卻鮮活如現。前半部分雖重議論，但卻由敘述帶出議論；後半部雖側重敘事，卻在敘述中增添作者的想法與讚揚。這種既述且論，藉其言行來突顯人物寫作手法，趙周臣使用嫻熟，效果亦不惡。對於事件的發展過程，趙周臣也能要言不煩，忠實呈現，讓人有親臨其境之感。

另一篇夾敘夾議的傳誌式散文是〈尚書左丞張公神道碑〉，該篇字數不少，依時舖敘。前半純粹以敘述呈現，後半則從敘述中帶出議論。其首段即切入主題，明言張行信乃一盡忠職守、勇於諍諫之士。全篇文章幾乎皆以張公屢次「上書諍諫」，作爲行文素材。先述及「崇慶二年」，張公不畏權勢奏請朝廷罷復用奸人胡沙虎，因而拯救生民無數，後又以「至寧二年，夏六月」再次奏請罷用胡沙氏遭拒，以致「八月二十四日，胡沙虎以兵圍禁公，果有弒逆之禍」。碑文一方面以表張行信有先見之明，一方面也直陳其所奏乃眞情實事。其後又以「宣宗即位」爲時間點，敘述張公奏請將叛賊胡沙虎「除名削官，籍沒家產」一事，然其諫言雖未一一受到君上採納，卻不難見到張公之言，皆本諸春秋之法，不可不謂之正也。末段趙氏提出看法，他認爲：

> 竊謂吾君之乃所以爲聖也。昔漢明帝聽斷精明，而章帝濟以寬厚。明帝不失爲明君，而章帝亦稱至孝。其與霍光之輔昭帝，相去遠矣。方西北鄙用兵，高琪奏行一切之政權也。及聖主即位，公奏罷之，宜矣。然宰相藏諸用，使斯人由而不知，而吾君亦昭昭然，務爲新政之觀人耳目哉。聖主之德，天也，天何言哉。伏觀聖主即位以來，未嘗命一詔獄，辱一朝士，則公之所奏也，已略施行矣，何更爲哉？

趙周臣採另一個角度切入，認爲上位者對於張行信所諫，並非都不能接受，而是另有考量以致無法一一施行。其後又言張公乃一爲政事勞心勞力之士人，最後再言：「公性純正無城府，每奏事上前，旁人爲動色，公處之坦然。」作爲與前文相互呼應的結尾。該篇文章明顯依時爲序，將張行信上諫之內容逐一串連起來，且資料蒐集詳備，往往不單記其「年」，亦將「月、日」正確標明，足以顯現張公果能料事如神，能見微知著。至於在末段論述的字裡行間，隱約透露出安慰與讚揚的訊息，卻沒有一絲阿諛之氣，分寸拿捏可說恰到好處。

第三節　問答敘述

和論說類散文結構相同，敘述類散文亦有以問答形式呈現的作品。在敘述之中，摻入問答的句法，令人有親切、眞實的感受，是趙秉文常常運用的章法，若其中若帶有議論的成份，也能因此而不致有枯燥的說教氣氛；且所設問之處，往往是各段旨意所在，遂又可收提挈綱領之效。

以〈適安堂記〉爲例，全文重點皆扣在一個「適」字，紀錄客與主之間的問答，以討論「無適而不安」與「適意而安之」間的差別：

> 客過而問其所以名堂之意，曰：「……」。子山曰：「……」。客曰：「……」。子山曰：「……」。客曰：「……」。子山曰：「……」。

全文幾乎以問答形式呈現，一問一答間一方面深化了所要議論的內涵，另一方面也形成一種仿小說的對話情節，更能增添其趣味。

〈雙溪記〉亦同，首段先言明「雙溪」位置與侯公置佛居處；次段起，每一問答則各立一段，其云：

> 客過而問焉。曰：「……」。公曰：「……」。客退而歌曰：「……」。

全篇亦以對答方式敘述侯公不居功之美，這樣的問答方式使得文義可以各段獨立，又因問答而將其貫穿一氣，並巧妙地將自然山水與人物頌贊結合在一起，與〈適安堂記〉所表現手法相同，使敘述之情境親切如在眼前。

第六章　趙秉文之散文藝術

趙秉文散文有其獨特的藝術風格，今依「內涵風格」與「修辭技巧」兩方面探討其內在蘊藏與外顯的藝術技巧。

第一節　內涵風格

一、立意宏深，思想泰正

撰作之時，作者之思想內涵，即是構成文章主旨的源頭，而寫作之前的「立意」則是指一切構思的前導工作，劉熙載認爲：「文以識爲主，認題立意，非識之高卓精審，無以中要」〔註1〕，即意指文章之寫作，首賴作者的有識見、有立意，才能寫出有質地、有深度的內容。

綜觀趙秉文論說類與敘述類文章，不難發現其乃以儒家思想爲鵠的，再輔以宋人理學、釋老諸家等，發爲議論，義理粲然。如此的淵博，端賴其內在修養與外在閱歷。內在修養方面：其自幼習讀經史子集，並熟習聖賢諸家之學說，對於儒家思想尤深有體會，故反對虛浮之學或「駢四儷六，鉤章棘句」的文學風格，提倡「文以意爲主，辭以達意而已」，又講求自身的修德端正；外在閱歷方面：趙秉文歷任安賽簿、判官、州刺史、禮部尚書與翰林學士等職，結交甚廣，經歷了官場上的惡鬥與誘惑，故對處世與生活也有了深刻的體驗。在內外交融下，從中引發種種創作動機，加上豐富的創作技巧，才能寫成宏深的佳構。

〔註1〕清．劉熙載撰，《藝概》，台北：華正書局，民國74年，〈文概〉。

趙學士重視三綱五倫，致力發揚堯舜以來一貫的道統，力諫君王行仁教、慎用人。就其文章各體的道德表現而言，所論所述之思想無不泰正。一本於正，如〈性道教說〉、〈誠說〉、〈庸說〉等篇皆是。趙秉文所期盼的世界，是建築在道德的平台上，文中每每呈現孔門學說的傳統理念，再加上自己融合諸家思想的獨特見解，所以能立意深遠。

二、體裁廣泛，重在達意

陸機《文賦》就十體文類而論其體式云：

> 詩緣情而綺麗，賦體物而瀏亮；碑披文以相質，誄纏綿而悽愴；銘博約而溫潤，箴頓挫而清壯；頌優游以彬蔚，論精微而朗暢；奏平徹以閑雅，說煒曄而譎誑。雖區分之在茲，亦禁邪而制放，要辭達而理舉，故無取乎冗長。

古典散文大部分離不開實用，文體若非為實用，也不易發展。金代散文前中期偏向追求工麗的時尚，到了後期才受到批評導正。趙秉文與李純甫都是反對駢麗作品的文人，他們批判因「朝野無事，侈靡成風」〔註2〕之下，刻意求工求麗而陷於浮艷的文學傾向，主張改採實用路線。

而趙秉文散文，大多即屬實用性質的作品，每因辦理公事、諫頌皇帝或交際應酬而寫成。尤其是應用類文章，大抵簡質明達，乾淨俐落，且能契合章法。因此，絕大部分的題材不出其政治生活、人生經驗及讀書、論史有感的範圍。不論是論說類或敘述類或其他應用性的散文，形式上以不事雕琢，重在達意為主，或抒家國之情，或懷身世之感，激憤豪壯，悲憫抑鬱，兼而有之，莫不淋漓酣暢，一掃虛飾浮麗之習。可見趙學士之散文體裁廣泛，又能情至意達。

三、直抒胸臆，託理寓意

所謂「直抒胸臆」，就是把心中的感受，用率眞的語言，直接鋪陳出來。梁啓超曾稱這種手法為「奔迸的表情法」，其曰：

> 一毫不隱瞞，一毫不修飾，照那情感的原樣子，迸裂到字句上。講眞，沒有眞得過這一類了。這類文學，眞是和那作者生命劈不開——至少也是當他作出這幾句話那一秒的時候，語句和生命是迸合

〔註2〕蘇天爵，《元文類》，台北：世界書局，民國51年，卷三十八〈跋趙太常擬試賦稿後〉。

為一。〔註3〕

強調文以意為主的趙周臣，同時也強調文學宣洩情感的作用，即是以此「直抒胸臆」的方法，把一己的情感、愛情融入客觀的敘述和評價之中。元好問稱趙周臣之文章曰：「大概公之文出於義理之學，故長於辨析，極所欲言而止，不以繩墨自拘。」〔註4〕可見趙氏之創作，原則上不受形式束縛，雖師古卻不泥古，風格以能直抒胸臆為主。今觀文集中所有散文，單純的紀錄或評述一事的作品，幾乎是沒有，其多藉題發揮，或記物寓志，取代一味求工、徒求形似的寫作方法。

至於文章中寓含奧理，可使文章內容更為充實，情感之色彩更加豐富。不但可以提升讀者心靈層次，領其進入另一個嶄新的境地，也更值得玩味。清・宋文蔚云：「理不可以空言，而常隱於事務之中，昧者不察，惟智者深觀有得，往往假物理以譬人情。」〔註5〕可知透過具體事物的描寫，以表達抽象的哲理，不僅令人易於了解，印象也更為深刻。趙公常用具體事物，假象徵譬喻手法，寄寓道理，如〈東漢論〉以治病喻治國；或將說理融於敘述中，如文集中諸篇紀錄式散文雖說是以「記」名篇，然而實際上卻以說理或頗帶抒情的成分為重，如〈種德堂記〉一文，全文幾乎緊扣「德」字而說理，反而沒有紀錄「種德堂」的相關資料等。故知趙周臣為文並不刻意重視形式，反將重點擺在思想啓迪上。鄭靖時也認為：「其文章以學理為尚，樸質理趣，情味不足，但文筆通暢，有一定之水準，其中佳作，兼得陽剛清婉之美。」〔註6〕

〈答麻知幾書〉、〈雙溪記〉等作，行文風格毫不造作。因趙學士習慣在散文中融入自己主觀的思想色彩，運用聯想法抒寫不同的心靈觀感，故能產生充沛的感染力

第二節　修辭技巧舉隅

一、對　偶

對偶修辭，蓋係指結構相似之句法接連並置，表現其同性質與意象之謂

〔註3〕梁啓超著，《中國韻文裡頭所表現的情感》，台北：中華書局，民國55年。
〔註4〕〈墓銘〉。
〔註5〕清・宋文蔚編，《文法津梁》，高雄：啓聖圖書，民國63年，〈卷上〉。
〔註6〕鄭靖時著，《中興大學中文學報》，〈「金源一代坡仙」——趙秉文〉，頁171。

也。趙秉文散文中，偶句比比皆是，隨處可見。使用偶句，可以使文章富有優美的節奏感，使說理更有力量，敘事更爲流暢。例如：

〈追薦李中丞子賢青詞〉：

宿躔惡孽，豈天譴之可逃；追拔亡魂，亦國殤之可愍。

〈書東坡寄無盡公書後〉：

視其貌惝恍而不可親，聽其言汪洋而不可窮。

〈答夏國告和書〉：

盟誓暨百年于茲，恩好若一家之舊。

〈統軍謝免罪表〉：

誤軍期者無赦，邦有常刑；忘人罪而責成，君之大德。

〈學道齋記〉：

人情之所甚好者，伯正父無之；酒色人所甚好，伯正父無之；綺繡珠玉，翫好之物，伯正父無之；怒氣以待人，恃才以凌物，伯正父無之。

〈樞密左丞授平章政事表〉：

憫臣以簪屨之舊，矜臣以犬馬之勞。

〈許道眞致仕表〉：

安車蒲輪，天子所以厚優賢之禮；黃冠野服，人臣所以遂歸老之心。

〈駕幸宣聖廟釋奠頌〉：

身屬于一時而祀兄于百世；禮行于一日而化行于天下。

〈史公神道碑〉：

其問學愈叩而愈無窮，與人交愈久而愈不厭。

〈祁忠毅公傳〉：

上有武元文烈英武之君，下有崇翰崇雄威謀之臣。

〈湧雲樓記〉：

使人目寒而足慄，淒然有去國之悲。……使人心折而骨悲，黯然有懷古之思。

〈崔公墓銘〉：

不沽激以忤物，不茍合以趨時。

〈乞伏村堯廟碑〉：

易其椽棟之傕折者新之，治其桓壁之毀缺者而復之。……生而不以黃屋爲心，沒而享崇軒之貴；生而不以彩椽爲飾，沒而都華構之安。

〈寓樂亭記〉：

沉酣于醉夢之場，而馳騖于功名之會。

〈聖德頌〉：

休符不于祥，于其仁；所寶不惟物，惟其賢。……拔忠良之臣，退貪暴之吏。平刑釋冤，以重民命；輕傜薄賦，以紓民勞。聽言以盡天下情；思政以答天望；和戎以息兵，平賦以除害。

此頌不斷使用偶句來敘述聖主政績，達到一種連綿的歌誦氣勢，並將聖主功德層層推高，產生令人景仰的效果。

又如〈娛室銘〉中的排句則云：

外樂者，逐物而喪氣；內樂者，忘己而無累。逐物之積，至于與禽獸無擇；忘己之積，至于與天地相似。然則，可以擇所嗜矣，故曰：「少年娛于酒色，富者娛于利，仕者娛于祿，而君子娛于德與義。」……

〈御史箴〉中亦有：

無玩法以偷，無沽勢以仇，戮我彝憲，時汝之尤；無皦皦沽名，無容容保祿，無毛舉細事，無蝟興大獄。

箴銘類散文爲達諷諫效果，以及爲使讀來順口悅耳，便於記憶，一般都以四言韻文呈現，且文句簡鍊溫潤。上述〈娛室銘〉與〈御史箴〉兩篇，便是佳例。

使用偶句作爲修辭，除了可以化繁爲簡，使文辭看更加優美、易於朗讀；另一方面，爲了形式上的需要，尤其是應用類散文，總是要使用適當的排比句以增添外在的文采。但值得注意的是：大部分的對偶句，也都並非刻意整飾的傑作，乃其行文時自然抒發所致，所以讀來並不生硬，自有一番風味。

二、譬　喻

《墨子‧小取篇》云：「譬也者，舉也物而以明之也。」王苻《潛夫論》亦曰：「夫譬喻也者，生於直告知不明，故假物之然否以彰之。」故譬喻可使抽象者具象化，使人更容易理解；當然，也可以使具象的事物抽象化，利用想像，將單純的物件幻化出作者的情志。

趙秉文散文所使用譬喻之例甚多，若用於說理類作品，可以更具說服力，如〈知人論〉全文幾乎都使用譬喻修辭格，其前段描寫小人嘴臉，把原本模糊的小人形象比喻成各種人物，使讀者看清小人的眞實面目，其云：

> 其所謂小人者，又非其貪如盜跖，賊如商臣，讒如惡來，汰如欒黶之爲難也。譬如猛虎猘犬，人得執而殺之矣。其要在乎小慧似智，矯諫似忠，趦趄盤辟以爲敬，內厚情深以爲重，見小利而不圖大患，邀近效而不知遠慮。主有所向，則逢其惡而先之；主有所惡，則射其怒而遷之。其詐足以固人主之寵，其信足以結人主之知。

又如〈闕里升堂圖贊〉云：

> 大哉聖人之道，天麗且彌，地溥而深，形容頌嘆，非愚則狂。七十子之徒，高者臻奧，下者及門牆。譬猶太山之高，滄海之深，魚龍禽獸，分錯以披猖……掉乎其明，如引星辰而上也；窈然而幽，如窺鬼神知情狀。

將聖道比作太山、滄海般高深，又喻之爲明月星辰以及鬼神冥幽。

〈跋米元章多景樓詩〉云：

> 偃然如枯松之臥澗壑，截然如快劍之砍蛟鼉，奮然如龍蛇之起陸，矯然如鵰鶚之盤空。

乃將米芾之書法結構以具體形象加以譬喻，似枯松、快劍、龍蛇及鵰鶚等，品析的眼光獨特，使米顚超妙入神的筆意如現眼前。

又如〈党公神道碑〉的譬喻爲：

> 韓文公之文，汪洋大肆，如長江大河，渾浩運轉，不見涯涘，使人愕然不敢睨視。歐陽公之文，如春風和氣，鼓舞動盪，了無痕迹，使讀之亹亹不厭，凡此皆文章之正也，至于書亦然。

使用明喻將韓文公之文譬之爲「長江大河」；又將歐公之文比作「春風和氣」，使人可以清楚區分韓歐文的分別與優點。

〈商水縣學記〉中譬喻的例子有：

> 雖然，顏子何寡也？譬之水之性本清，泥汨之則渾，少焉澄之，其清自若也。火之性本明，煙鬱之則昏，迨其煙息，則其明自若也。

前言「人皆可以爲舜」、「塗之人可以爲禹」，話雖然如此，何以聖人賢者仍少？乃因人性如水、火，本清且明，卻往往陷溺其心，遭利欲蒙蔽，猶如水之渾於泥汨，火之昏於煙鬱。

〈種德堂記〉中云：

> 爲善于家，而責報于幽，如持印券鑰合，取所寄物，不在其身，即在其子孫。

此比喻淺白易懂，爲善者終能得善報，如持鑰以取物，必能得其所應得者。

〈寓樂亭記〉中的譬喻：

> 蓋世事力盡，化爲灰塵，忽焉如飛鳥之過空。

將世間俗事譬之爲飛鳥過空而無痕，與蘇軾「飛鴻雪泥」有相同之嘆。

〈種德堂記〉中的譬喻則有：

> 無德而富貴，此天地間一巨蠹也。

使用隱喻將天地間無德而徒有富貴者，比之爲「巨蠹」。

〈姬公墓表〉則云：

> 梁木其摧乎，正人其萎乎！

此處使用略喻，以「梁木」比「正人」，而今頹萎，怎能令人不嘆婉？

同樣使用略喻手法的，還有〈手植檜刻像記〉，其云：

> 天地否而復泰，日月晦而復明；聖人之道，厄而復亨。

趙周臣以天地明晦之變化，喻聖人之道亦厄亨復盛。

由上述明喻、隱喻、略喻數例，可見趙秉文使用譬喻法的巧妙，既平易又有新創，使文采煥然多姿。

三、用　典

用典不失原意，又能使新舊詞融合下可以產生合理的新語詞，最是爲高妙。趙周臣博覽羣書，學富五車，故於其散文中不乏用典之處，且用典不主一格，以出於史書者爲多。如〈謝宣諭破蔡州賜玉表〉中使用類似的兩個典故，達成排句的效果，表云：

> 賤和氏之璧，所寶惟賢，捐陳平之資，所圖者大。

此段除了引和氏璧故事外，亦引陳平之事跡。陳平，漢．陽武人，字孺子，少貧，好治黃老、老子之術。後佐高祖定天下，屢出奇計，封曲逆侯。呂后崩，與周勃合謀誅呂氏，立孝文帝大業。

〈左參政乞致仕表〉中亦有類似寫法：

> 王衍清談，而本非經國，房琯虛學，而素不知兵。

王衍，晉・臨沂人，字夷甫。有才名，喜淺談，時人稱其丰姿高徹，如瑤林瓊樹，後卻被石勒所殺。而房琯乃唐・河南人，字次律，本隱居深山，玄宗幸蜀，敗吏部尙書同中書門下平章事，好空談，後自請將兵討賊，卻大敗而還。

〈雙溪記〉則作：

> 雖安石有東山之志，晉公懷綠野之遊。

此引東晉孝武帝時宰相謝安，入朝前隱居會稽東山，後世則以「東山」喻隱居之地，並稱重要的政治人物懷有退隱之心爲「東山之志」。「綠野之遊」則事出《舊唐書・列傳第一二〇》，裴度，字中立，河東聞喜人，世稱裴晉公。因以元和年間，王綱版蕩，不復出，遂築「綠野堂」以詩酒琴書自樂，後人亦以「綠野」爲退隱之意。

又〈追薦李忠丞子賢青表詞〉中云：

> 貴臣失律，願行莊賈之誅，逆賊弒君，乞致陳恆之討。

《資治通鑑》卷八云：「臘月，陳王之汝陰，還，至下城父，其御莊賈殺陳王以降。」此事紀錄陳勝之車伕莊賈暗殺了陳勝，投降秦軍，而陳勝的部下呂臣等人堅持鬥爭。呂臣率領的「蒼頭軍」進行了反攻，兩度收復陳縣，處決了叛徒莊賈，三軍之士皆震。至於「陳恆之討」則語出《論語・憲問第十四》：「孔子，告於哀公曰：『陳恆弒其君，請討之。』公曰：『告夫三。』孔子曰：『以吾從大夫之後，不敢不告也！君曰：『告夫三子。』者！』之三子告，不可。孔子曰：『以吾從大夫子後，不敢不告也！』」乃指齊大夫陳成子弒齊君一事。以上二者皆以下弒上之史例，用以表明若有於法不合之處，皆應當受適當處分。

〈統軍謝免罪表〉亦云：

> 此蓋伏遇皇帝陛下，燭物以明，及人以恕，忘曹沫三敗之辱，要孟明一戰之功。

曹沫，春秋魯國人，魯莊公任爲將，與齊三戰三敗，莊公乃獻遂邑之地與齊以求和，曹沫仍爲將。後齊與魯結盟於壇上，曹沫執匕首劫齊桓公，慷慨陳詞，桓公遂盡歸魯之侵地。至於孟明，乃春秋秦人，穆公使伐鄭，晉人敗之於殽；後三年，復伐晉，又敗於彭衙；次年伐晉，濟河焚舟，取王官及郊，晉懼不敢出，乃封殽尸而還，遂霸西戎。

以上可知，趙周臣援引典故，喜以排比句型呈現，兼有外在與內涵的雙重美感。其他亦有常用典故，如〈適安堂記〉中云：

> 子以嵇康之適於鍛，阮籍之適於酒，與夫聖賢之適於道，有以異乎？苟此適性爲事，則斥鷃無羡于天池〔註7〕之樂，桀跖無羡于顏冉之行，其于適性一也。而靜躁殊途，善惡異趣，此向郭之失，晉宋之流所以蕩而忘返者也。

該段文字多處用典，包括稽康、阮籍之故事，《莊子・逍遙遊》中「斥鷃」的寓言，與桀跖、顏冉等人物。運用相同或相對的性質用以比喻所「適」之不同處。

又如〈雙溪記〉中用典的句子爲：

> 公致政他年營菟裘之地也。

「菟裘」乃春秋時魯國名。《春秋・隱公十一年》：「隱公曰：『使營菟裘，吾將老焉。』」後世遂以「菟裘」指退隱養老之所。

〈葉縣學記〉則有：

> 嘗謂人皆有良知良能，第未有以啓之耳。顧有葉公好龍之說告之者乎？

此用漢・劉向《新序・雜事五》中的寓言：

> 葉公子好龍，鉤以寫龍，鑿以寫龍，屋室雕文以寫龍。於是天龍聞而下之，窺頭於牖，施尾於堂。葉公見之，棄而還走，失其魂魄，五色無主。是葉公非好龍也，好夫似龍而非龍者也。

後則以「葉公好龍」喻表面上愛好某事物，實際上並非眞正的喜愛。

僅舉數例爲證，即知趙秉文散文作品用典自然，並非刻意求工，卻理暢而情眞。

四、頂　眞

後句的開端，與前句的結尾，運用相同的字辭，使文章一氣呵成，上下密接，可使整篇結構有序，勢如貫珠。此乃頂眞之法所能收之文致。

「頂眞」修辭格也有層層推進的作用。趙秉文的散文，往往會使用這種接上遞下的頂眞修辭，來加強文氣，或者解釋字句。例如：〈西漢論〉：

> 前不云乎，不謀其利，利之大者也；不計其功，功之大者也。

〔註7〕四部叢刊本誤作「天地」，此據《金文最》、《金文雅》改之。

趙氏在這段文字中，連用兩次頂眞的修辭法，用以強調「利」與「功」不謀而得的妙處。

〈侯守論〉中頂眞的修辭有：

夫立國必有一家之制度，制度必有所法。

〈蜀漢正名論〉中亦有：

西蜀，僻陋之國，先主武侯，有公天下之心，宜稱曰：「漢」。漢者，公天下之言也，自餘則否。

此處，註解的意味濃厚，趙氏認爲「漢者，公天下之言也」，故西蜀可以稱爲「漢」。

以註解爲主的，還有〈中說〉，其云：

不偏之謂中，不倚之謂中。中者，天下之正理。

使用在「中」字頂眞，亦是用以解釋與強調「中」的眞正意涵。

頂眞有時也有層遞的作用，層層迴遞使節奏更緊湊，極盡文情之妙。如〈知人論〉中云：

小人之爲患難知，知而難去也。

〈侯守論〉云：

且法不能無弊，弊不能無變。

〈原教〉曰：

聖人不外乎大中，大中外聖人乎哉。

使用帶有迴環相生、連綿不絕的頂眞技巧，說明「大中」與「聖人」息息相關的道理。

此外，頂眞也利用了相同的句型，藉由重複重要的字辭以爲連繫，使文章警策生動，竦人耳目，如〈送麻徵君引〉中兩個頂眞的例子：

可以仕，可以不仕，仕則爲人，不仕則爲己。

又云：

徵君以文學行義名天下，天下之人户知之，固不待予言而顯。

前者重點放在「仕」與「不仕」之間，說明「仕」與「不仕」的分別何在。後者以肯定的語氣重複連用「天下」二字，強調天下之人皆知麻徵君之文學行義，自不待言。

又如〈墨寶堂記〉中亦然：

法書不必嗜，不必不嗜，嗜書近乎僻，不嗜近乎隘。

也將重點放在「嗜書」與「不嗜」之別，造成文句錯落分明，獨具匠心。

綜觀以上數例，知趙周臣文章擅用頂眞，使文義顯豁，情致委婉，且文氣密緻，環環相扣。

五、其　他

爲了使文章更有說服力，趙周臣時常在散文中置入「正襯」的修辭技巧，如〈党公神道碑〉：首段先言漢文溫淳深厚；韓文之渾浩運轉；歐文之鼓舞動盪，次段再言党公得古人正脈，乃當朝之首。此處以漢文、韓文與歐文映襯党公之文章，故不必贅述党公承繼文章之正統，卻已將其推崇至最高。

又如〈雙溪記〉最末云：

客退而歌曰：「有浪者溪，其水舒舒。君子樂只，黃石授書。有雲者溪，其水淵淵。赤松是遊，君子息焉。泉出于山，雲上于天，我公出矣，功滿人間。雲出于溪，返其舊山，我公歸矣，復還自然。……」

其以張良、赤松等歷史上懂得功成身退的人物，映襯出侯公有類似不願居功之美德。

此外，趙周臣亦曾運用「詰問」修辭格，強化文章的感染力。「詰問」乃指言談行文中，忽變平敘語氣爲詢問語氣，以提醒下文，激發本意，振起文勢。如〈乞伏村堯廟碑〉中云：

嘗謂帝之德當世思之可也；後世何自而思之？賢者知之可也；野人何自而知之？舊邦饗之可也；他邑何自而饗之？

其藉提出一連串的問題，引發思考，進而體悟其下說理的部分。

又如〈葉縣學記〉云：

……聖人得其全，賢者得其偏，百姓日用而不知。天地以此位，日月以此明，江河以此流，萬物以此育。故稱夫子與太極合德，豈不然耶？

〈商水縣學記〉中云：

……浮薄嘲謔，反希市人，以狂爲達而貫怨，豈先聖所以教人，老師宿儒所以望于後生也哉？

皆以設問的方式，引發無限的感慨省思。

第七章　趙秉文文學理論

第一節　師法與創新

趙秉文在文學創作上力主兼取眾長，此乃其文論中最重要的部分。他認為詩文均由模仿始，然後力求自成一家，並特別重視儒家經典，也多致力於此一脈絡的承襲，並以唐宋各大家作為倣效重點。趙氏主張師古的過程是必經且自然的，他說：「盡得諸人所長，然後卓然自成一家，非有意于專師古人也，亦非有意專擯古人也。自書契以來未有專擯古人而獨立者。」〔註1〕這和明朝前七子李夢陽所說：「夫文學字學一也。今人模臨古帖，即太似不嫌，反曰能書；何獨至於文，而欲自立一門戶耶？」〔註2〕有其相似之處。值得注意的是，其所謂師古，只是文學入門要訣，最重要的是要能轉益多師，並不盡如李夢陽只求仿作形似，其云：「古人之詩，各得一偏，又多其性之似者，若陶淵明、謝靈運、韋蘇州、王維。柳子厚、白樂天得其沖淡；江淹、鮑明遠、李白、李賀得其峭峻；孟東野，賈閬仙又得其幽憂不平之氣，若老杜可謂兼之矣。」又說：「太白、杜陵、東坡詞人之文也，吾師其詞，不師其意；淵明、樂天、高士之詩也，吾師其意不師其詞。」〔註3〕可知周臣不僅長期鑽研於魏晉南北朝及唐宋文人的作品，對於每位作家的特色及長處，也自有一套看法。譬如他說：「歐陽公之文，如春風和氣，鼓舞動盪，了無痕迹，使讀

〔註 1〕《文集》，卷十九〈答李天英書〉。
〔註 2〕語見〈再與何氏書〉一文。
〔註 3〕以上語見《文集》，卷十九〈答李天英書〉。

之亹亹不厭，凡此皆文章之正也，至于書亦然。」〔註 4〕又說：「東坡先生，人中麟鳳也，其文似戰國策，間之以談道如莊周；其詩似李白而輔之以極名，理似樂天。」〔註 5〕講到韓愈則言：「韓文公之文，汪洋大肆，如長江大河，渾浩運轉，不見涯涘，使人愕然不敢睨視。」〔註 6〕他見解深入，評論也頗得當。

趙秉文用兼融與獨創的觀念來提攜後進，使初學者可以透過一連串的模擬和仿作，快速進入狀況，然後漸漸創立自我風格，「卓然自成一家」〔註 7〕。在他的眼裡，模仿只是文人學子必經的途徑，對不屑模仿卻求自創者，一如：「彈琴不師譜，稱物不師衡，上匠不師繩墨，獨曰師心，雖終身無成，可也。」〔註 8〕此外，趙氏曾清楚的指出爲「文」或「詩」，應該以何者作爲學習的對象，他說：「故爲文師六經、左丘明、莊周、太史公、賈誼、劉向、揚雄、韓愈……爲詩當師《三百篇》、《離騷》、《文選》、《古詩十九首》，下及李、杜。」〔註 9〕

趙公在文論中肯定「自成一家」的重要性外，他也強調「飛動」在文學作品裡的份量。他說：「飛動乃吾輩胸中之妙，非所學也。若世人能積學而不能飛動，吾輩能飛動而不能積學，皆一偏之弊耳。」〔註 10〕所謂「飛動」，與其說是靈感，不如說是「創造力」更爲適當，這是他相對於「積學」而言的創作法則。趙氏亦明白的提出「飛動」和「積學」同等重要的，若偏重其一，易滋弊端，故云：「文章不蹈襲前人，最是不傳之妙。」〔註 11〕這點觀念頗受後輩晚生的支持和贊同。〔註 12〕

趙氏主張爲文「師古」和「創新」並重，模仿是入門的手段，創新才算是眞正的目的。然而可惜的是，此一重要文論在其作品中則較少落實，尤其

〔註 4〕《文集》，卷十一〈党公神道碑〉。

〔註 5〕《文集》，卷二十〈跋東坡四達齋銘〉。

〔註 6〕《文集》，卷十一〈党公神道碑〉。

〔註 7〕《文集》，卷十九〈答李天英書〉。

〔註 8〕《文集》，卷十九〈答李天英書〉。

〔註 9〕所謂「古之詩人，各得一偏」並不是指趙秉文只肯定古詩人詩作一部份的優點而已，而是取其最佳、最值得學習的優點。譬如白居易非只肯定其「沖淡」，於李白則非僅稱許其「峭峻」而已。

〔註 10〕《文集》，卷十九〈答李天英書〉。

〔註 11〕《文集》，卷二十〈跋山谷草聖〉。

〔註 12〕《歸潛志》，卷十二：「文章各有體，本不可相犯，故古文不宜蹈襲前人成語，當以奇異自強。四六宜用前人成語，復不宜生澀求異。」

是詩，可說規摹者多，自創者少。無怪乎郭紹虞在《中國文學批評史・王若需與金代文學》中，認爲其疑似墨守「師古」的原則，卻忽略了文章的獨特性〔註 13〕。李純甫也曾批評趙之文章是「才甚高，氣象甚雄，然不免有失支墮節處，蓋學東坡而不成者。」〔註 14〕

第二節　文以意爲主

在文章的創作理念裡，趙秉文強調「文以意爲主」。所謂「意」，就是「言之有物」，也是正統儒學最講究的部分。早在〈易經・繫辭上〉就有「應爲情造文，不爲文造情……不以意徇辭，須以辭達意……以意爲主，以意傳文……意爲士帥，辭爲兵節」一類的說法。唐代杜牧也在《樊川文集・答莊充書》中說：「凡爲文以意爲主，以氣爲輔，以辭采章句爲之兵節。」趙氏一生最服膺的蘇軾也說過：「孔子曰：『言之不文，行之不遠』又曰：『辭達而已矣』夫言止于達意，及疑若不文，是大不然。求物之妙，如繫風補影，能使是物了然于心者，蓋千萬人而不一過也，況能使了然于口與手者乎？是之謂辭達，辭至于能達，則文不可勝用矣。」〔註 15〕金代支持這個觀念，並且有具體提出自己論點的也有不少學人，趙秉文便是其中之一。

趙公反對華靡的文學風格，重視文學的實用價值，他這種重「質」而不重「形式」的看法，讓其作品注重反映現實生活〔註 16〕。他爲党懷英的文集寫序時說：「文以意爲主，辭以達意而已。古之文不尙虛飾，因事遣辭，形吾心之所欲言者，間有心之所不能言者，而能形之于文，斯亦文之至乎？」〔註 17〕這些話道盡文學的功用及目的，也表明了自己主張師古以修正頹靡文風的堅定立場，並對重視格律的迂腐科舉體制嚴加批判。值得稱道的是，趙秉文不僅口頭提倡，也實際引導後進者，例如：王若虛、劉從益、元好問等人。楊雲翼更在〈滏水文集引〉中說他：「如李之尊韓，蘇之學歐」，其繼往開來的功勞，實不可沒。

〔註 13〕郭紹虞著，《中國文學批評史》，〈肆・近古期——自北宋至清代中葉・四十八・王若虛與金代文學〉，頁 272～274。

〔註 14〕語見《歸潛志》，卷八。亦見於《四庫提要》。

〔註 15〕語見《東坡全集》〈與謝民師推官書〉。

〔註 16〕胡傳志，《金代文學研究》，頁 183 亦云：「儘管趙秉文理論上沒有創新，但具有很強的現實意義。」

〔註 17〕《文集》，卷十五〈竹溪先生文集引〉。

在趙秉文以前，周昂的文學理論可以和趙作一呼應，他說：「文章以意爲主，字語爲之役。主強而役弱，則無使不從。世人往往驕其所役，至跋扈難制，甚者反役爲主。」〔註 18〕身爲周昂侄的王若虛，便承繼周氏及趙氏的理論，在《滹南遺老集》中說：「夫文章豈有定法哉，意所至則爲之，題意適然，殊無害也。」又說：「如肺肝中流出，自是好文章」〔註 19〕這樣一方面強調內容，一方面也強調題意的適切，和趙周臣所謂「古之文不尚虛飾」〔註 20〕可說是英雄所見略同。

第三節　不執於一體

趙秉文承襲儒家思想，當然也反映在文學裡。基本上，趙公認爲文章必須符合中庸精神，他說：「文章不可執一體，有時奇古，有時平淡，何拘？」〔註 21〕他對當時受到江西詩派影響而故意出奇的創作傾向，感到不滿及失望〔註 22〕。大抵一個時代的文學發展過程中，總會經歷「承襲模仿」、「反動自創」、「衰敗蛻變」、「另創氣象」等過程，而趙公所處的應該正是在於自創及蛻變間的過渡。一如《歸潛志》所云：「南渡後文風一變，文多學奇，古詩多學風雅，由趙閑閑、李屏山倡之。」〔註 23〕《金史選譯》更明確的指出：「在這嬗變過程中，趙秉文是一位關鍵人物。」〔註 24〕

所謂「不可執一體」，簡而言之，即指文章不該以單一風格來呈現。尋找趙氏相關的論點，可以歸納兩個要義。其一，文學作品必需在「出奇」與「襲古」之間，取得平衡。其實，趙氏從未全盤否定文章能善用「奇」的優點，因爲這和眾取名家所長並無直接的衝突。反言之，趙秉文是喜歡華麗的文章甚於那些死守格法的，因《金史》〈本傳〉中曾記一事：「貞祐初，秉文爲省試，得李獻能賦，雖格律稍疏而詞藻頗麗，擢爲第一。舉人遂大喧噪，訴於臺省，以爲趙公大壞文格，且作詩謗之，久之方息。俄而獻能復中宏詞，入

〔註 18〕語見《金史本傳》或見《滹南遺老集》，卷三十六〈滹南詩話〉。

〔註 19〕見《滹南遺老集》，卷三十六〈文辨〉。

〔註 20〕《文集》，卷十五〈竹溪先生文集引〉。

〔註 21〕見《歸潛志》，卷八。

〔註 22〕趙秉文一生反對兩種詩學的流弊，一是專尚奇險及拗強的江西詩派，二是專習李賀才氣的奇異風格。

〔註 23〕見《歸潛志》，卷八。

〔註 24〕詳見楊世文等譯注，《金史選譯》，成都：巴蜀書社，1994 年 7 月，頁 249。

翰林，而秉文竟以是得罪。」〔註 25〕將李獻能頗具詞藻的作品擢爲第一，可見，趙周臣並不是反對詞藻華麗的文章，而是要看文章是否言之有物、言之有序。此一主張在踽守格法、「喜爲奇異語則往往遭絀落」〔註 26〕的年代裡，著實受到劉祁等人大力的讚賞。

再者，「不可執一體」還有另一層涵義，意即在「軟」與「硬」中，取一條中間路線來走。他曾經明確的指出「文字無太硬」，關於這點，劉祁在《歸潛志》卷八中有一個公允的比較，他說：

> 趙閑閑論文曰：「文章無太硬，之純文章最硬，何傷？」，王翰林從之則曰：「文字無軟者，惟其是也」。余嘗以質諸先人，先人以趙論爲是。

所謂文章生硬，也應該和江西詩派的影響脫不了干係。文章疲軟，固然會使文氣下沉，也是趙氏等人所極力避免的格調，但反其道而行的生硬風格，竟被當時大多數的新派文人所激賞，趙氏早就看出這類文章的弊病，所以才說出「文字無太硬」的論點。這和他在書法上的體悟大同小異，在書法原理中，筆力剛勁的作品固然讓人感到行氣貫穿一致，但若沒有沒有圓潤留白的弧形筆劃，只會讓人見之生厭，如同墓碑的生硬刻板。文章也和字畫相同，結構疏密有致，使人讀之有種律動的節奏感，才算上品，對於文章和字畫皆稱精通的趙秉文，自然更能領悟這個道理。

第四節　重明道教化

在文學的功用方面，趙秉文特重教化。此點傳承自歐、蘇，他極力推崇文學教化的實用性，認爲絕不可離經叛道而爲文，此乃趙周臣得以在金源一代成爲宗師的原因之一；也因爲站在一個文壇領袖的位置上，趙公必須思考出一種最能合乎時代卻又不失傳統的方式來倡導文學。一如他在創作上贊成師古一般，他很清楚，只有承襲唐宋以來文以載道的理論，才不至走向錯誤

〔註25〕此事亦見於《歸潛志》，卷十：「及宣宗南渡，貞祐初，詔免府試，而趙閑閑爲省試，有司得李欽叔賦，大愛之，蓋其文雖格律稍疏，然詞藻莊嚴絕俗，因擢爲第一人，擢麻知幾爲策論魁。於是舉子輩譁然，愬於臺省，投狀陳告趙公壞了文格，又作詩譏之。……夫科舉本以取天下英才，格律其大約也。或者捨彼取此，使士有遺逸之嗟，而趙、李二公不徇眾好，獨所取得人，彼議者紛紛何足校也。」

〔註26〕見《歸潛志》，卷十。

或被淘汰的道路。這樣宗法大家的文學理念，不用大力倡導也會很快得到士子的跟進，《歸潛志》云：「趙閑閑晚年詩多法唐人李、杜諸公，然未嘗語於人。已而，麻知幾、李長源、元裕之輩鼎出，故後進作詩者爭以唐人爲法。」〔註 27〕胡傳志《金代文學研究》亦云：

> 趙秉文現存詩中有大量直接標明擬作的詩歌……師法對象如此眾多，是宋代詩人所罕見的。二是師法對象中，以唐代詩人數量最多，這開啓了金末宗法唐人的詩風。〔註 28〕

趙氏宗唐宋文以載道，在自己的文章中也多所實踐，所以元好問〈墓銘〉云：「公至誠樂易，與人交不立崖岸，主盟吾道將四十年，未嘗以大名自居……生河朔鞍馬間，不本於教育，不階於講習，紹聖學之絕學，行世俗所背馳之域，乃無一人推尊之。」又說：「大概公之文出於義理之學，故長於辨析，極所欲言而止，不以繩墨自居。」「……慨然以道德、仁義、道德性命、禍福之學自任，沉潛乎六經，從容乎百家。幼兒壯，壯而老，怡然渙然，之死而後已者，唯我閑閑公一人。」因此，趙秉文之於文學，也不過力求「純正」二字而已，先求純正，然後再以純正教化學子，元好問身爲他的弟子，自然最能感受趙氏在這一方面所作的努力。

第五節　爲文忌尖新

「尖新」二字，是趙周臣用以評論較不純正的文章時所用的字眼，所謂尖新，可說與他所言的「文章不可太硬」有極大的關聯。凡是文章刻意雕章續句、標新立異，都可以稱之爲尖新。《歸潛志》曾記趙論王庭筠曰：「才固高，然太爲名所使，每出一聯、一篇，必要使人皆稱之，故止是尖新。」王庭筠固然是金源中後期頗負文名，人稱「文采風流照映一時」〔註 29〕的人物，但彼時期創作多以雕琢爲主，故趙氏才有此一微言。

郭紹虞在《中國文學批評史・王若需與金代文學》中認爲：「金代文學理論有兩派對立，一是趙秉文與李之純的對立，後一些的有王若虛與雷希顏的對立。」〔註 30〕趙氏提出「反尖新」一論，和王若虛的文學主張都有其相近

〔註 27〕見《歸潛志》，卷八。
〔註 28〕詳見胡傳志，《金代文學研究》，頁 184。
〔註 29〕語見《中州集》小傳。
〔註 30〕郭紹虞著，《中國文學批評史》，〈肆・近古期——自北宋至清代中葉・四十八・

之處，總之，他們都宗主唐宋，而歸之於平易通達的道路，然針對於江西詩派專尙拗強和奇險，其批評意味不可說不濃，且對於李純甫「當別轉一路，勿隨人腳跟」以及李天英堅持「不蹈襲前人一語」的尙奇手法，提出質疑，甚至以「梟音」嗤之。〔註31〕

爲避免踏上尖新的道路，趙氏也指出一位極佳的典範，他說：「亡宋百餘年間，唯歐陽公之文，不爲尖新艱險之語，而有從容閒雅之態。豐而不餘一言，約而不失一辭。使人讀之者，亹亹不厭，蓋非務奇之爲尙，而其勢不得不然之爲尙。」〔註32〕歐公之文被趙氏認定爲「文章之正也」〔註33〕這可說是再次證明趙周臣文論中講究「正」的堅持，並影響了元好問在文學批評上講求「眞」與「正」的論點。

王若虛與金代文學〉，頁272。

〔註31〕《文集》，卷十九〈答李天英書〉：「昔人有吹蕭學鳳鳴者，鳳鳴不可得聞，時有梟音爾。君詩無乃間有梟音乎？向者屛山嘗與足下云：『自李賀死二百年無此作矣。』理誠有之，僕亦云然。……」

〔註32〕見《文集》，卷十五〈竹溪先生文集引〉。

〔註33〕見《文集》，卷十一〈党公神道碑〉。

第八章　結　論

以馬上得天下的金朝，初期是一個「借才異代」的時期，大多數的人才都來自於遼或宋，少有自成一家的文人。周惠泉在《金代文學研究》〈論金人的金代文學批評〉一文中表示：「以現存材料看，眞正把金代文學作爲研究對象加以考審和評論的，當首推金代中期的周昻。」〔註1〕然而，周昻也沒有留下專門的批評著述，今日所能見者僅有《滹南遺老集》及《歸潛志》中的零星資料而已，但不能否認周昻對於整個金代的文學環境有一定程度的影響。回過頭來看趙秉文的文論，不少是和周昻如出一轍的。比如其「文以意爲主」的觀念，在金朝首先具體的提倡者就是周昻，然後才由趙周臣繼承這個觀念，充分把正統的文學觀帶入以女眞文化爲主的金朝。所受到啓發的後生晚輩，除力主「寫眞去僞」的王若虛外，尙有集金大成元好問的「誠」說等。由此觀之，趙秉文確實在金朝的文壇中佔有承先啓後的關鍵地位。

再者，歷代以來因爲反對浮靡文風轉而尙古的，從唐代以後，歷宋、金乃至於元明，師古之論不絕。師古雖不是最高明的文學創作法則，但至少是不會被淘汰的。胡傳志曾經說過：「金代文學承北宋餘緒，創作上一直存在師古與創新的抉擇，但在趙秉文之前，還沒有人就師古與創新這兩者關係作出理論上的回答。」〔註2〕即使師古與創新的的文學觀念並不新鮮，但在金代，趙秉文是第一個提出理論大纛者。其主張師古而不泥古的文論，對於文脈傳承有一定的貢獻。

〔註1〕詳見周惠泉，《金代文學研究》，頁196。

〔註2〕詳見胡傳志，《金代文學研究》，頁182。

此外，金朝因取士制度鄙陋，以至於詞賦狀元也惹出不少笑話來〔註3〕。《歸潛志》卷七云：「金源取士，止以詞賦、經義學，士大夫往往局於此，不能多讀書。其格法最陋者，詞賦狀元即授應奉翰林文字，不問其人才何如，故多有不任其事者。」因制度問題，使「先進故老見子弟輩讀蘇、黃詩，輒怒斥」，導致眞正有文采者少之又少，更遑論能提出一套文論的學者。再加上朮虎高琪惡進士而更用胥吏，「故一時之人爭以此進，雖有士大夫家有子弟讀書，往往不終輒輟，令改試臺部令史。其子弟輩既習此業，便與進士爲讎，其趨進舉止，全學吏曹，至於舞文納賂甚于吏輩者。」〔註4〕《歸潛志》卷八云：「南渡後，趙、楊諸公爲有司，方於策論中取人，故文風稍變，頗加意策論。又於詩賦中亦辨別讀書人才，以致文風稍振。然謗議紛紜。然每貢舉，非數公爲有司，則又如舊矣。」可見，趙秉文等人在挽救文風方面，不畏謗議，即使被譏評「壞了文格」，仍不遺餘力地進行文風改造。其他諸如「文以意爲主」等觀念，雖不是趙秉文所新創，但在金源文學之中，趙氏居文壇宗主的地位，能繼承純正傳統進而倡導著，不可不謂極有見識，影響自亦不淺。

至於實際創作部分，綜觀趙氏之散文，各體兼備，勤於創作之下，存文數量頗豐，足見其勇於實踐創作的理念。且其人學博識卓，或發爲議論，或轉而敘述，不論何種形式的作品，文理皆通暢明達，具一定之水準。

元人郝經說：「金源一代一坡仙，金鑾玉堂三十年。泰山北斗斯文權，道有師法學有淵。」〔註5〕楊弘道云：「李、趙風流兩謫仙」〔註6〕所指的正是李純甫和趙秉文二人。清人潘德輿亦云：「閑閑則氣體闊大，健筆縱橫，名篇句制，不可悉數。金源之國手，遺山之先師，信無愧色。如：〈游華山寄元裕之〉七古，雖使裕之執筆不能過。」〔註7〕可見其文學地位與影響之一斑。

綜上所言，趙秉文除了在文學創作上有成外，也是金代少數幾個文學批

〔註3〕《歸潛志》，卷七：「章宗時，王狀元澤。在翰林，會宋使進枇杷子，上索詩，澤奏：『小臣不識枇杷子』。惟王庭筠詩成，上喜之。呂狀元造，父子魁多士，及在翰林，上索重陽詩，造素不學詩，惶遽獻詩云：『佳節近重陽，微臣喜欲狂。』上大笑，旋令外補。故當時有云：『澤名不識枇杷子，呂造能吟喜欲狂。』」

〔註4〕見《歸潛志》，卷七。

〔註5〕郝經撰，《陵川集》，卷十〈題閑閑畫像詩〉。

〔註6〕元好問撰，《遺山樂府》，江蘇：江蘇廣陵古籍刻印社，1997年。

〔註7〕清・潘德輿，《養一齋詩畫》，卷九。

評家之一，他的文學批評理論也深深的影響著金代文學的發展。在金室南渡而逐漸走向衰亡之際，趙秉文以文壇盟主的身分承擔了撥亂反正的責任長達三十餘年；他的文學思想相當通達，既主張師古，然又不泥於古，可謂掌握文學變通的原則，又能符合當時的文學思潮及時代背景，故爲當代多數學者所宗奉。元好問稱他爲「挺身頹波，爲世砥柱」〔註 8〕，因此，吾人可以說他不僅是一個文學創作家，更是一個思想家。

〔註 8〕見〈墓銘〉。

參考文獻

一、專著（依姓名筆劃排列）

1. 丁如明撰，《中國散文寶庫·遼金元散文》，上海：上海書店出版社，2000年2月。
2. 金·元好問撰，《中州集》，台北：鼎文書局，民國62年9月。
3. 金·元好問撰，《遺山先生集》，台北：台灣商務印書館，民國57年。
4. 金·元好問撰，《遺山樂府》，江蘇：江蘇廣陵古籍刻印社，1997年。
5. 金·王若虛撰，《滹南遺老集》，台北：台灣商務印書館（四庫全書本），民國72年6月。
6. 清·王樹枏編，《陶盧叢刻二十六種·閑閑老人詩集》（附年譜二卷，目錄二卷，清光緒——民國年間新城王氏刊本），1875年。
7. 宋·宇文懋昭撰，《大金國志校正》，北京：中華書局（崔文印校正本），1986年。
8. 成復旺、蔡鐘翔、黃保直撰，《中國文學理論史·隋唐五代宋元時期》，台北：洪華出版社，民國82年。
9. 朱世英、方道、劉國華撰，《中國散文學通論》，安徽：安徽教育出版社，1995年12月。
10. 江應龍編，國立編譯館中華叢書編委會著，《遼金元文彙》，台北：國立編譯館，民國74年。
11. 吳梅撰，《遼金元文學史》，台北：河洛出版社，民國68年。
12. 李申撰，《中國儒教史》（上、下卷），上海：上海人民大出版社，2000年2月。
13. 李唐撰，《簡明二十五史·金太祖》，台北：國家出版社，民國77年3月。

14. 清・宋文蔚編，《文法津梁》，高雄：啓聖圖書，民國63年。
15. 李正西撰，《中國散文藝術論》，台北：貫雅文化，民國80年1月。
16. 李則芬撰，《宋遼金元歷史論文集》，台北：黎明文化事業，民國80年11月。
17. 周明撰，《中國古代散文藝術》，江蘇：江蘇教育出版社，1994年12月。
18. 周惠泉撰，《金代文學研究》，台北：文津出版社，2000年5月。
19. 林明德撰，《中國傳統文學探索》（Ⅰ、Ⅱ、Ⅲ），台北：巨流圖書，民國70年。
20. 清・姚鼐著，《古文辭類纂》，台北：中華書局，民國55年。
21. 胡傳志撰，《金代文學研究》，安徽：安徽大學出版社，2000年5月。
22. 翁方綱編，《元遺山先生年譜》，台北：新文豐出版公司，民國74年。
23. 張健撰，《宋金四家文學研究批評》，台北：聯經出版社，民國64年5月。
24. 張博泉撰，《金史簡編》，遼寧：遼寧人民出版社，1984年6月。
25. 梁啓超撰，《中國韻文裡頭所表現的情感》，台北：中華書局，民國55年。
26. 清・張金吾輯，《金文最》，台北：成文出版社（印原刻本），民國56年。
27. 元・脫克脫等撰，《金史》，台北：中華書局（四部備要，史部，據武英殿本校刊），民國54年11月。
28. 清・莊仲方輯，《金文雅》，台北：成文出版社印（光緒十七年重刻本），民國56年。
29. 郭紹虞撰，《中國文學批評史》，台北：五南出版社，民國83年8月。
30. 郭維森、許結著，《中國辭賦發展史》，江蘇：江蘇教育出版社，1996年8月。
31. 陶晉生撰，《女眞史論》，台北：食貨出版社，民國70年6月。
32. 馮永敏撰，《散文鑑賞藝術探微》，台北：文史哲出版社，民國86年5月。
33. 黃希文等纂輯，《增修磁縣縣志》，台北：成文出版社（據民國三十年鉛印本影印），民國57年。
34. 楊世文等譯注，《金史選譯》，成都：巴蜀書社，1994年7月。
35. 楊任之撰，《中國典故辭典》，台北：五南圖書出版社，民國88年6月。
36. 詹杭倫撰，《金代文學史》，台北：貫雅文化，民國82年。
37. 賈文昭主編，《中國古代文論類編》（上、下），福建：海峽文藝出版社出版，新華書店經銷，1990年。
38. 熊秉明撰，《中國書法理論體系》，台北：谷風出版社，民國76年11月。

39. 金・趙秉文撰，《閑閑老人滏水文集》，上海：商務印書館四部叢刊初編本（據汲古閣精寫本影印），出版年不詳。
40. 金・趙秉文撰，《閑閑老人滏水文集》，台北：台灣商務印書館印畿輔叢書本（叢書集成本），民國55年。
41. 元・劉祁撰，《歸潛志》，北京：中華書局（崔文印點校本），1997年。
42. 南朝梁・劉勰撰，《文心雕龍》，台北：台灣商務印書館，民國70年10月十五版。
43. 清・劉熙載撰，《藝概》，台北：華正書局，民國74年。
44. 蔣義斌撰，《宋代儒釋調和論及排佛論之演進》，台北：台灣商務印書館，民國77年8月。
45. 辭典編寫組，《古書典故辭典》，台北：華世出版社，1987年元月。
46. 蘇雪林撰，《遼金元文學》，台南：台灣商務印書館（人人文庫），民國58年。
47. 顧易生、劉明今、王運熙撰，《中國文學批評通史・宋金元卷》，上海：上海古籍出版社出版，新華書局發行，1996年。

二、論文部分（依姓名筆劃排列）

1. 林明德撰，《金代文學家考述》，輔仁大學中國文學研究所碩士論文，民國60年。
2. 洪光勳撰，《趙秉文詩研究》，國立台灣大學中國文學研究所碩士論文，民國75年。
3. 胡幼峰撰，《金詩研究》，輔仁大學中文研究所碩士論文，民國65年5月。
4. 夏賢李撰，《金代書法之蘇軾與米芾傳統》，國立台灣大學歷史研究所碩士論文，民國80年。
5. 張子良撰，《金元詞人研究》，國立台灣大學國文研究所碩士論文，民國60年7月。
6. 陳昭揚撰，《今初漢族世人的政治參與》，國立中興大學歷史研究所碩士論文，民國68年。
7. 鍾屏蘭撰，《元好問及其學術研究》，高雄師範大學國文研究所博士論文，民國86年5月。

三、期刊部分（依姓名筆劃排列）

（一）台灣部分

1. 鄭靖時撰，〈「金源一代坡仙」——趙秉文〉，《中興大學中文學報》，民國

80 年 1 月第四卷，頁 153～182。

（二）大陸部分

1. 王明蓀撰，〈金代士人之歷史思想〉，《興大歷史學報》，2000 年 12 月第十一期。
2. 王琦珍撰，〈金元散文平議〉，《文學遺產》，1994 年第六期。
3. 王錫九撰，〈論趙秉文的七言古詩〉，《楊州大學學報．人文社會科學版》，1999 年第三期。
4. 王錫九撰，〈關于金代詩歌的几點認識〉，《江蘇教育學院學報．社會科學版》，1998 年第四期。
5. 何宛英撰，〈金代史學與金代政治〉，《北京師範大學學報．社會科學版》，1998 年第三期。
6. 何宛英撰，〈金代修史制度與史官特點〉，《史學史研究》，1996 年第三期。
7. 李成撰，〈論「金源文化」的影響〉，《遼寧大學學報．哲學社會科學版》，1999 年第六期。
8. 李桂生等撰，〈論道家哲學文獻注本的闡釋視角〉，《襄樊學院學報》，第二十二卷第三期。
9. 周惠泉撰，〈金人金代文學批評初探〉，《黑龍江農墾師專學報》，1994 年第四期。
10. 周惠泉撰，〈金代文集保存整理述要〉，《東北師大學報．哲學社會科學版》，1999 年第五期。
11. 俞彤撰，〈試論金代的史學〉，《丹東師專學報》，1996 年第四期。
12. 姚乃文撰，〈論元好問的散文成就〉，《晉陽學刊》，2000 年第三期。
13. 姚乃文撰，〈論元好問的散文成就〉，《晉陽學刊》，2000 年第三期。
14. 胡傳志撰，〈金代文學研究百年回顧〉，《社會科學戰線》，1997 年第二期。
15. 胡傳志撰，〈金代文學特徵論〉，《文學評論》，2000 年第一期。
16. 夏宇旭撰，〈試論趙秉文儒家思想及實踐〉，《松江學刊．人文社會科學版》，2002 年二月第一期。
17. 張晶、周萌撰，〈金代文學批評述論〉，《社會科學輯刊》，1997 年第三期。
18. 張晶撰，〈「蘇學盛于北」的歷史考察〉，《文學遺產》，1998 年第五期。
19. 張晶撰，〈金代民族文化關系與金詩的特殊風貌〉，《遼寧師范大學學報．社會科學版》，1998 年第四期。

20. 許結撰，〈金源賦學簡論〉，《咸寧師專學報》，1996 年第四期。
21. 許總撰，〈理學演化與宋金元文學思潮變遷〉，《求索月刊》，1999 年第六期。
22. 曾棗庄撰，〈蘇學盛于北——論蘇軾對金代文學的影響〉，《陰山學刊》，2000 年第十三卷第四期。
23. 楊果撰，〈金代翰林與政治〉，《北方文物》，1994 年第四期。
24. 董克昌、董宇軍撰，〈知識份子在大金王朝中的地位〉，《黑龍江民族叢刊》，1998 年第一期。
25. 劉鋒燾撰，〈艱難的抉擇與融合〉，《文史哲》，2001 年第一期。
26. 魏崇武撰，〈金代儒學發展略談〉，《贛南師范學院學報》，1995 年第五期。
27. 魏崇武撰，〈金代理學發展初探〉，《歷史研究》，2000 年第三期。
28. 鐘東撰〈金元明詞簡論〉，《廣州師院學報・社會科學版》，1996 年第三期。

附　錄

附錄一：《道德眞經集解》作者再考

清人錢培名曾彙刻《小萬卷樓叢書》，其中收載道藏本《道德眞經集解》四卷，而題爲「金・趙秉文著」，且自作跋云：「《道德眞經集解》四卷，從道藏抄出。原題「趙學士句解」，不著名字。解中有「趙秉文曰」、「秉文獨異之」云云。按：《金史・趙秉文傳》：「興定元年，授侍讀學士，晉禮部尚書，仍兼侍讀學士。」此題趙學士，其爲秉文無疑。而本傳及元遺山〈閑閑老人神道碑〉述秉文所著有《易叢說》；……獨不及此書。惟劉祁《歸潛志》云有《老子解》……。」所以錢氏斷定《道德眞經集解》四卷實爲金人趙秉文所著。然現今許多學人不以爲然，紛紛考證本書作者，但是都沒有直接的證據來證明或推翻，只能靠文中敘述來作側面了解及推斷。如洪光勳先生民國七十五年台大碩士論文《趙秉文詩研究》第二章「趙秉文之著述」之第二節「《道德眞經集解》眞僞考」（以下簡稱〈眞僞考〉）即不認爲此書爲趙秉文的著作。

起初，余疑此書當爲趙秉文作，一因清代樸學發達，錢培名之所以斷言本書爲趙秉文所著，必有道理，且關於體例問題，錢氏早已注意於敘中明言，正如〈眞僞考〉一文中言：「爾後，諸家編目錄，均從此說，如孫德謙《金史・藝文略》云：『錢氏據道藏趙學士句解，而斷爲秉文作，得劉祁說，益可信矣。』（子部道家類）他如民國・蔣錫昌《老子校詁》、王重民《老子考》、朱情牽《老子校釋》等，皆據此說，以爲定讞。」若此說果僞，何以諸多宿學未滋疑竇？再加上《歸潛志》的作者劉祁，是最接近趙秉文時代的晚輩，其父劉從益與趙氏極爲友好，故其所記關於趙秉文之事略，必有相當的可靠性，況劉氏著書態度極爲嚴謹且考證詳實〔註1〕。依劉祁所言，至少吾人確定

〔註1〕劉祁在《歸潛志》，卷十一〈錄大梁事〉一文其下自云：「若夫所傳不眞及不見不聞者，皆不敢錄。」

趙秉文著作中必有一本《老子解》，然與今日所見書名不同。〔註 2〕

其二，趙秉文自認爲儒家文人，《歸潛志》言之甚詳，云：「趙閑閑本喜佛學，然方之屏山，頗畏士論，又欲得扶教傳道之名，晚年自擇其文，凡主張佛老二家者皆削去，號《滏水集》，首以中、和、誠諸說冠之，以擬退之原道、性。楊禮部之美爲序，直推其繼韓、歐。然其爲二家所作文，并其葛藤詩句，另作一編，號《閑閑外集》，以書與少林寺長老英粹中，使刊之。故二集皆行於世。」〔註 3〕可見，趙秉文連自己的文集都不惜刪削有關佛老之作品，那麼《道德眞經集解》或因「頗畏士論」而不願自署姓名。

然細觀全書體例及引言、文法諸端，皆不似周臣之作。此書乃「集解」，原不容易獨抒己見，故與《滏水集》中所載一般道學知識無異，頗增考證困難。除了〈眞僞考〉一文中指出本書體例問題以外〔註 4〕，《道德眞經集解》中，亦有與趙秉文解釋相互杆格之處。如：卷二〈道常無名章第三十二〉：

〔註 2〕《道德眞經集解》所集解者，計有：太平光師、圓師、馬誕、唐明皇、陸希聲、司馬光、王雱、政和、僧肇、羅什、呂惠卿、開元、馬巨濟、王弼、葉石林、嚴遵君平、楞嚴等。其中與趙秉文同時之馬誕（卒於 1237）及太平光師（卒於 1237）等，皆有《老子注》，與趙秉文同時之李純甫亦著有《道德眞經集著雜說》。故推時文士爲《老子》一書作著儼然成爲一種風氣。

〔註 3〕語見《歸潛志》，卷九。

〔註 4〕洪氏〈眞僞考〉一文中言：「今綜觀全書，其體例甚明，如書中引用諸家注釋者甚多，而其引用之際，凡首次則悉注明原書作者之全名，其後則均用簡稱。其簡稱則以用名爲原則，而名長則代之以姓，如王雱則云「雱曰」，司馬光則云「光曰」，此名短故用名；陸希聲則云「陸曰」，呂惠卿則云「呂曰」，葉夢得則曰「葉曰」，此名長故用姓。是以其云「趙秉文曰」者，亦屬首次引用趙秉文之《老子解》其後「趙曰」者凡二十五次，與其他引用各家無以異。今試觀其云「趙秉文曰」之一段：『玄玄則極矣。然猶有知玄之心在焉。玄之又玄，則盡矣，不可以有加矣，眾妙之門所從出也。光日：「玄（一作忘）玄之玄，則曰玄玄。」趙秉文曰：「此章明重玄之極矣。非但可道非道，不可道亦非道。」莊子云：「語默皆不足以盡道」。非但道常無名，有名無名亦不足以盡道。無名者，道之似也。常無者，佛氏所謂空也；常有者，佛氏所謂妙也。有無皆不足以盡道。故又寄之重玄。』政和曰：「玄者，天之色，色之所色者彰矣。而色色者未嘗顯。玄之又玄，所謂色色者也。玄妙之理，萬物俱有，天之所以運、地之所以處、人之所以靈、百物之所以昌，皆妙也。而皆出於玄，故曰眾妙之門。」若此書果爲趙秉文所撰，則其「趙秉文曰」以下數語爲作者之言。然則「光曰」之前數語爲誰之語歟？若是亦爲趙秉文之語，則其下何必又云「趙秉文曰」，且置諸司馬光與政和（宋徽宗御注）之間？此於理未安。故「趙秉文曰」者非作者之自稱，而爲引用，自不待言。而錢氏以此數字遽以爲此書印趙秉文所撰，無乃太荒謬而武斷乎？」

> 江海，水之鍾也：川谷，水之分也；道，萬物之宗也，萬物，道之末也。皆水也，故川谷歸其所鍾：皆道也，故萬物賓其所宗。趙曰：「諸說皆以萬物賓道，猶川谷之歸江海。秉文獨異之曰：若然則應言萬物賓道，猶如川之歸海，江河與焉。」馬誕疑與字，遂改作赴；皆非也。竊意此章言道本無名，及其始制有名，爲日月星辰、山川草木，聖人用之，制爲官長，名雖不同，同一道也。譬水之在天下，爲川谷，爲江海。爲水不同，同一水也。欲學者忘名，還於無名之樸也。故夫亦將知止，止於道也。

此段文字解釋經文「道常無名」的眞正涵義時，強調不應將「江」字改爲「赴」字，洋洋灑灑寫了近百言，並以「皆非也」三字完全否定趙秉文及馬誕的說法。且「竊意」二字，使文意更似《道德眞經集解》的作者以「自述」方式表達己見，由此應可推斷《集解》作者應非趙秉文。

又如〈昔之得一章第三十九〉，解釋「故致數輿，不欲琭琭如玉，落落如石」，作者直陳他人說法有誤，云：

> 輪輻蓋珍，衡軛轂轊，會而爲車，物物可數而車不可數，然後之無有之爲車，所謂無之以爲用者也，然則天地將以大爲天地耶？侯王將以貴爲侯王耶？大與貴之中，有一存焉，此其所以爲天地侯王者。而成者莫知之耳。故一處貴而非貴，處賤而非賤，非若玉之琭琭，貴而不能賤；石之落落，賤而不能貴也。趙曰：「諸說皆以輿訓車，義有未安，竊意：輿，眾也，又與臺皆賤者之稱。上文言其致一也，此言故致數眾也，眾無眾，由言皆輿人無輿人之稱矣，無輿人亦無侯王之稱也。」

既已認爲「以輿訓車，義有未安，竊意：輿，眾也」，若作者即爲趙，就不應以錯誤的說法解釋經文在先，再自我修正於「竊意」之後。

此外，本書所引各家注解，並無順序可言。「趙曰」凡二十六處（含第一次之「趙秉文曰」），其中有十七處爲第一順位；七處爲第二順位；兩處爲第三順位，故可知作者一視同仁，未有高低尊卑之分。《道德眞經集解》雖非出自趙手，時代應相去不遠，約金末或元初，絕不可能早於趙所著之《老子解》。但不論如何，此書中二十六處「趙曰」，仍是趙秉文對於道家見解的重要資料，對於研究趙之思想等，仍有一定的參考價值。

附錄二：滏水文集、詩集篇目整理

畿輔叢書本	四部叢刊（汲古閣精寫本）	金文最	九金人集本	四庫全書本	閑閑老人詩集
卷一《大學》					
原教	原教	原教（存題）	原教	原教	
性道教說	性道教說	性道教說	性道教說	性道教說	
中說并引	中說并引	中說并引	中說并引	中說并引	
誠說	誠說	誠說	誠說	誠說	
庸說	庸說	庸說（存題）	庸說	庸說	
和說	和說	和說	和說	和說	
《黃河九昭》	《黃河九昭》	《黃河九昭》	《黃河九昭》	《黃河九昭》	《黃河九昭》
發源	發源	發源	發源	發源	發源
洑流	洑流	洑流	洑流	洑流	洑流
化道	化道	化道	化道	化道	化道
通塞	通塞	通塞	通塞	通塞	通塞
匡俗	匡俗	匡俗	匡俗	匡俗	匡俗
避礙	避礙	避礙	避礙	避礙	避礙
鍾粹	鍾粹	鍾粹	鍾粹	鍾粹	鍾粹
入海	入海	入海	入海	入海	入海
通天	通天	通天	通天	通天	通天
詠歸辭	詠歸辭	詠歸辭	詠歸辭	詠歸辭	詠歸辭
卷二　古賦					
大椿賦	大椿賦	大椿賦	大椿賦	大椿賦	大椿賦
棲霞賦	棲霞賦	棲霞賦（存題）	棲霞賦	棲霞賦	棲霞賦
叢臺賦	叢臺賦	叢臺賦	叢臺賦	叢臺賦	叢臺賦
解朝酲賦	解朝酲賦	解朝酲賦	解朝酲賦	解朝酲賦	解朝酲賦
海青賦	海青賦	海青賦（存題）	海青賦	海青賦	海青賦
反小山賦	反小山賦	反小山賦	反小山賦	反小山賦	反小山賦
琅山賦	琅山賦	琅山賦	琅山賦	琅山賦	琅山賦
華山感古賦	華山感古賦	華山感古賦	華山感古賦	感華山懷古賦	華山感古賦

擾蓬賦	擾蓬賦	擾蓬賦	擾蓬賦	擾蓬賦	擾蓬賦
遊懸泉賦	遊懸泉賦	遊懸泉賦	遊懸泉賦	遊懸泉賦	遊懸泉賦
無盡藏賦	無盡藏賦	無盡藏賦	無盡藏賦	無盡藏賦	無盡藏賦
拙軒賦	拙軒賦	拙軒賦	拙軒賦	拙軒賦	拙軒賦
遊西園賦	遊西園賦	遊西園賦（存題）	遊西園賦	遊西園賦	遊西園賦
心靜天地之鑑賦	心靜天地之鑑賦	心靜天地之鑑賦	心靜天地之鑑賦	心靜天地之鑑賦〔註 1〕	心靜天地之鑑賦
卷三　古詩					
雜擬十首	雜擬		雜擬十首	雜擬十首	雜擬十首
澠池行	無		澠池行	澠池行	澠池行
秋日郊行	秋日郊行		秋日郊行	秋日郊行	秋日郊行
初望少室	初望少室		初望少室	初望少室	初望少室
盧巖	盧岩		盧巖	盧巖	盧巖
龍門	龍門		龍門	龍門	龍門
過陸渾〔註 2〕	過陸渾		過陸渾	過陸渾	過陸渾
至日感事	至日感事		至日感事	至日感事	至日感事
遊玉泉山	遊玉泉山		遊玉泉山	遊玉泉山	遊玉泉山
陪趙文孺賦雪	陪趙文孺路宣州分韻賦雪		陪趙文孺路宣州分韻賦雪	陪趙文孺路宣州分韻賦雪	陪趙文孺賦雪
岢嵐賦雪	岢嵐賦雪分韻得素字		岢嵐賦雪分韻得素字	岢嵐賦雪分韻得素字	岢嵐賦雪
望北山雲	望北山雲		望北山雲	望北山雲	望北山雲
井陘漢韓信廟	井陘漢韓信廟		井陘韓信廟	井陘漢韓信廟	井陘漢韓信廟
花下墓	花下墓		花下墓	花下墓	花下墓
漸臺行	漸臺行		漸臺行	漸臺行	漸臺行
三五七格	三五七格		三五七格	三五七格	三五七格
倣嚴武臨邊	倣嚴武臨邊		倣嚴武臨邊	倣嚴武臨邊	倣嚴武臨邊
遊箭山兩首	遊箭山兩首		遊箭山	遊箭山兩首	遊箭山兩首
倣太白登覽	倣太白登覽		倣太白登覽	倣太白登覽	倣太白登覽

〔註 1〕《四庫全書》此篇獨歸於律賦。

〔註 2〕「過陸渾」《畿輔叢書》收於卷六。

閭山懸巖寺	閭山懸巖寺觀宇文公吳東山題名		閭山懸巖寺觀宇文公吳東山題名	閭山懸巖寺	閭山懸巖寺
海月	海月		海月	海月	海月
松糕	松糕		松糕	松糕	松糕
霜葉	霜葉		霜葉	霜葉	霜葉
遊紫霞山	遊紫霞山		遊紫霞山	遊紫霞山	遊紫霞山
題大令冠軍帖	題大令冠軍帖		題大令冠軍帖	題大令冠軍帖	題大令冠軍帖
人日遊西山寺	人日遊西山寺觀謝章壁畫山水		人日遊西山寺觀謝章壁畫山水	人日遊西山寺觀謝章壁畫山水	人日遊西山寺
擬李長苦擊毬行	擬李長苦擊毬行		擬李長苦擊毬行	擬李長苦擊毬行	擬李長苦擊毬行
歲暮言懷	歲暮言懷		歲暮言懷	歲暮言懷	歲暮言懷
冬至	冬至		冬至	冬至	冬至
重九登會禪寺	重九登會禪寺冷翠軒		重九登會禪寺冷翠軒	重九登會禪寺冷翠軒	重九登會禪寺
題東坡眉子石硯詩	題東坡眉子石硯詩眞跡		題東坡眉子石硯詩眞蹟	題東坡眉子石硯詩眞跡	題東坡眉子石硯詩
風琴堂	風琴堂		風琴堂	風琴堂	風琴堂
聽雪軒	聽雪軒		聽雪軒	聽雪軒	聽雪軒
游崆峒山	游崆峒山		游崆峒山	游崆峒山	游崆峒山
題楊秘監畫馬	題楊秘監畫馬		題楊秘監畫馬	題楊秘監畫馬	題楊秘監畫馬
靈巖寺	靈巖寺		靈巖寺	靈巖寺	靈巖寺
江岸機舟圖	江岸機舟圖		江岸機舟圖	江岸機舟圖	江岸機舟圖
香山飛泉寺	香山飛泉亭		香山飛泉亭	香山飛泉寺	香山飛泉寺
東坡赤壁圖	東坡赤壁圖		東城〔註3〕赤壁圖	東坡赤壁圖	東坡赤壁圖
伯時畫九歌	伯時畫九歌		伯時畫九歌	伯時畫九歌	伯時畫九歌
倣張志和西塞二首	倣張志和西塞二首		倣張志和西塞二首	倣張志和西塞二首	倣張志和西塞二首
秋江捕魚圖	楊祕監秋江捕魚圖		楊祕監秋江捕魚圖	秋江捕魚圖	秋江捕魚圖

〔註3〕「坡」誤作「城」。

支遁相馬圖	支遁相馬圖		支遁相馬圖	支遁相馬圖	支遁相馬圖
倣摩詰獨坐幽篁二首	倣摩詰獨坐幽篁裏		倣摩詰獨坐幽篁裏	倣摩詰獨坐幽篁二首	倣摩詰獨坐幽篁二首
送李按察十首	送李按察十首		送李按察十首	送李按察十首	送李按察十首
春水行	春水行		春水行	春水行	春水行
涿瑯先主廟二首	涿瑯先主廟		涿瑯先主廟二首	涿瑯先主廟二首	無
扈從行	扈從行		扈從行	扈從行	扈從行
從帥府謁大清宮	從帥府謁大清宮		從帥府謁大清宮	從帥府謁大清宮	從帥府謁大清宮
遊醉翁亭	遊醉翁亭		遊醉翁亭	遊醉翁亭	遊醉翁亭
陽冰篆	陽冰篆		陽冰篆	陽冰篆	陽冰篆
送墨李道士	送墨李道士元老		送墨李道士元老	送墨李道士元老	送墨李道士
送李天英	送天英下第		送天英下第	送天英下第	送李天英
與龐才卿雨中同遊太甯山	與龐才卿雨中同遊太寧山		與龐才卿雨中同遊太寧山	與龐才卿雨中同遊太寧山	與龐才卿雨中同遊太甯山
無	無		秋懷次高參軍韻	無	秋懷次高參軍韻
卷四　古詩					
和淵明擬古九首	和淵明擬古九首		和淵明擬古九首	和淵明擬古九首	和淵明擬古九首
中秋	中秋		中秋	中秋	中秋
重午遊冠山寺	重午遊冠山寺		重午遊冠山寺	重午遊冠山寺	重午遊冠山寺
遊鵲山	七夕與諸生遊鵲山		七夕與諸生遊鵲山	遊鵲山	遊鵲山
無	雛鷹		雛鷹	雛鷹	雛鷹
遊晉祠遂	遊晉祠遂		遊晉祠遂	遊晉祠遂	遊晉祠遂
遂初園八詠	遂初園八詠		遂初園八詠	遂初園八詠	遂初園八詠
悠然台（存題）	悠然台（存題）		悠然台（存題）	遂初園	悠然台（存題）
味眞菴（存題）	味眞菴（存題）		味眞菴（存題）	閑閑堂	味眞菴（存題）
遂初園	遂初園		遂初園	歸愚莊	遂初園
閑閑堂	閑閑堂		閑閑堂	翠眞亭	閑閑堂

歸愚莊	歸愚莊		歸愚莊	佇香亭	歸愚莊
翠眞亭	翠眞亭		翠眞亭	琴筑軒	翠眞亭
佇香亭	佇香亭		佇香亭	味眞菴（存題）	佇香亭
琴筑軒	琴筑軒		琴筑軒	悠然台（存題）	琴筑軒
華清宮圖	南麓宮華清宮圖		南麓宮華清宮圖	南麓宮華清宮圖	南麓宮華清宮圖
漁樵閑話圖 新添	跋武元直漁樵閑話圖		跋武元直漁樵閑話圖	跋武元直漁樵閑話圖	漁樵閑話圖
喜雨分韻 新添	就劉雲卿第與同院諸公喜雨分韻得發字		就劉雲卿第與同院諸公喜雨分韻得發字	就劉雲卿第與同院諸公喜雨分韻得發字	就劉雲卿第與同院諸公喜雨分韻得發字
九日登繁臺寺 新添	九日登繁臺寺		九日登繁臺寺	九日登繁臺寺	九日登繁臺寺
次伯勝九日詩韻 新添	伯勝九日詩蕭然有陶趣因次韻		伯勝九日詩蕭然有陶趣因次韻	伯勝九日詩蕭然有陶趣因次韻	次伯勝九日詩韻
送雷希顏	送雷希顏之涇州		送雷希顏之涇州	送雷希顏之涇州	送雷希顏之涇州
倣玉川子	倣玉川子沙麓雲鴻硯屏呂唐卿藏		倣玉川子沙麓雲鴻硯屏呂唐卿藏	倣玉川子沙麓雲鴻硯屏呂唐卿藏	倣玉川子沙麓雲鴻硯屏呂唐卿藏
無	倣樂天新宅		倣樂天新宅	倣樂天新宅	倣樂天新宅
無	倣郎士源寶刀賽上兒		倣郎士源寶刀賽上兒	倣郎士源寶刀賽上兒	倣郎士源寶刀賽上兒
從軍行	從軍行送田琢器之		從軍行送田琢器之	從軍行送田琢器之	從軍行送田琢器之
雪谷曉裝圖	題楊祕監雪谷曉裝圖		題楊祕監雪谷曉裝圖	題楊祕監雪谷曉裝圖	題楊祕監雪谷曉裝圖
題魯直黄庭經	題魯直黄庭經		題魯直黄庭經	題魯直黄庭經	題魯直黄庭經
紅梅	試院中愁坐叔獻學博忽送紅梅小桃數枝		試院中愁坐叔獻學博忽送紅梅小桃數枝	試院中愁坐叔獻學博忽送紅梅小桃數枝	試院中愁坐叔獻學博忽送紅梅小桃數枝
海棠	慧林賦海棠		慧林賦海棠	海棠	海棠
冷巖行	冷山行		冷山行	冷巖行	冷巖行
和淵明歸田園六首	和淵明歸田園居送潘卿客六首		和淵明歸田園居送潘卿客六首	和淵明歸田園潘清客六首	和淵明歸田園潘清客六首

老柏圖	題巨然泉岩老柏圖		題巨然泉岩老柏圖	題巨然泉巖老柏圖	題巨然泉巖老柏圖
夢登華山	夢登華山		夢登華山	夢登華山	夢登華山
雲溪圖	尚書右丞侯公雲溪圖		雲溪圖	雲溪圖	雲溪圖
過廣武山	過廣武山		過廣武山	過廣武山	過廣武山
河中八詠	河中八詠		河中八詠	河中八詠	河中八詠
舜井	舜井		舜井	舜井	舜井
夷齊墓	夷齊墓		夷齊墓	夷齊墓	夷齊墓
鸛鵲樓	鸛鵲樓		鸛鵲樓	鸛鵲樓	鸛鵲樓
逍遙樓	逍遙樓		逍遙樓	逍遙樓	逍遙樓
汾陽王像	汾陽王像		汾陽王像	汾陽王像	汾陽王像
吳生畫	吳生畫		吳生畫	吳生畫	吳生畫
維摩像	維摩像		維摩像	維摩像	維摩像
先公碑	先公碑		先公碑	先公碑	先公碑
汾陽祠后土	汾陽祠后土		汾陽祠后土	汾陽祠后土	汾陽祠后土
會靈觀即事	會靈觀即事二首		會靈觀即事二首	會靈觀即事	會靈觀即事
題石鐘乳山記	題石鐘乳山記墨跡		題石鐘乳山記墨跡	題石鐘乳山記	題石鐘乳山記
蓮峰小隱圖	武元直書喬君章蓮峰小隱圖		武元直書喬君章蓮峰小隱圖	蓮峰小隱圖	蓮峰小隱圖
祭太乙二首	中原夜祭太一罷對月		中原夜祭太一罷對月	中原夜祭太乙罷對月	中原夜祭太乙罷對月二首
河山形勝圖	東軒老人河山形勝圖		東軒老人河山形勝圖	河山形勝圖	河山形勝圖
春雪	春雪		春雪	春雪	春雪
賦梅	同英粹中賦梅		同英粹中賦梅	同英粹中賦梅	賦梅
卷五　古詩					
題畫東坡二首	題趙琳畫東坡石上以仗橫膝汕頭二首		題趙琳畫東坡石上以仗橫膝汕頭二首	題趙琳畫東坡石上以仗橫膝汕頭二首	題趙琳畫東坡石上以仗橫膝汕頭二首
擬陶和許至忠二首	擬陶和許至忠二首		擬陶和許至忠二首	擬陶和許至忠二首	擬陶和許至忠二首

題牧牛扇頭	題牧牛扇頭		題牧牛扇頭	題牧牛扇頭	題牧牛扇頭
採菊圖	採菊圖		採菊圖	採菊圖	採菊圖
贈眼醫	贈眼醫		贈眼醫	贈眼醫	贈眼醫
釣蓬	釣蓬		釣蓬	釣蓬	釣蓬
聽雨軒	聽雨軒		聽雨軒	聽雨軒	聽雨軒
擬東坡居三適	擬東坡居三適		擬東坡居三適	擬東坡居三適	擬東坡居適
旦起噈日	旦起噈日		旦起噈日	旦起噈日	旦起噈日
午窗曝背	午窗曝背		午窗曝背	午窗曝背	午窗曝背
夜臥炕暖	夜臥炕暖		夜臥炕暖	夜臥炕暖	夜臥炕暖
倣聖俞月出斷崖〔註4〕口二首	倣聖俞月出斷岸口二首		倣聖俞月出斷岸口二首	倣聖俞月出斷岸口二首	倣聖俞月出斷岸口二首
長白山行	長白山行		長白山行	長白山行	長白山行
渡水僧二首	渡水僧二首		渡水僧二首	渡水僧二首	渡水僧二首
時雨	時雨		時雨	時雨	時雨
皇武	皇武		皇武	皇武	皇武
子產廟	子產廟		子產廟	子產廟	子產廟
過湖城	過湖城		過湖城	過湖城	過湖城
過閿鄉	過閿鄉		過閿鄉	過閿鄉	過閿鄉
含元殿	含元殿		含元殿	含元殿	含元殿
過乾陵	過乾陵		過乾陵	過乾陵	過乾陵
發棗社	發棗社		發棗社	發棗社	發棗社
過甯州	過甯州		過甯州	過甯州	過甯州
遊華山	遊華山		遊華山	遊華山寄元裕之	遊華山
倣淵明自廣	倣淵明自廣		倣淵明自廣	倣淵明自廣	倣淵明自廣
和淵明飲酒二十首	和淵明飲酒二十首		和淵明飲酒二十首	和淵明飲酒二十首	和淵明飲酒二十首
擬和韋蘇州二十首	擬和韋蘇州二十首		擬和韋蘇州二十首	擬和韋蘇州二十首	擬和韋蘇州二十首
西澗	和西澗		西澗	西澗	西澗

〔註4〕「岸」誤作「崖」。

煙際鐘	和煙際鐘		煙際鐘	煙際鐘	煙際鐘
西塞山	和西塞山		西塞山	西塞山	西塞山
山耕叟	和山耕叟		山耕叟	山耕叟	山耕叟
上方僧	和上方僧		上方僧	上方僧	上方僧
詠夜	和詠夜		詠夜	詠夜	詠夜
詠聲	和詠聲		詠聲	詠聲	詠聲
寄全椒道士	和寄全椒道士		寄全椒道士	寄全椒道士	寄全椒道士
和遊溪	和遊溪		和遊溪	和遊溪	和遊溪
秋齋	和秋齋		秋齋	秋齋	秋齋
聽嘉陵江水聲代深師答	和聽嘉陵江水聲代深師答		聽嘉陵江水聲代深師答	聽嘉陵江水聲代深師答	聽嘉陵江水聲代深師答
演師西齋	和演師西齋		演師西齋	演師西齋	演師西齋
遊開元精舍	和遊開元精舍		遊開元精舍	遊開元精舍	遊開元精舍
答中山道士	和答中山道士		答中山道士	答中山道士	答中山道士
西樓	和西樓		西樓	西樓	西樓
瑯琊寺	和瑯琊寺		瑯琊寺	瑯琊寺	瑯琊寺
擬漠漠來帆重冥冥去鳥遲	擬漠漠來帆重冥冥去鳥遲		擬漠漠來帆重冥冥去鳥遲	擬漠漠來帆重冥冥去鳥遲	擬漠漠來帆重冥冥去鳥遲
擬何時風雨夜復此對床眠	擬何時風雨夜復此對床眠		擬何時風雨夜復此對床眠	擬何時風雨夜復此對床眠	擬何時風雨夜復此對床眠
擬綠陰生晝寂孤花表春餘	擬綠陰生晝寂孤花表春餘		擬綠陰生晝寂孤花表春餘	擬綠陰生晝寂孤花表春餘	擬綠陰生晝寂孤花表春餘
擬兵衛森畫戟燕寢凝清香	擬兵衛森畫戟燕寢凝清香		擬兵衛森畫戟燕寢凝清香	擬兵衛森畫戟燕寢凝清香	擬兵衛森畫戟燕寢凝清香
送麻徵君	送麻徵君知幾		送麻徵君知幾	送麻徵君	送麻徵君
飲馬長城窟行	飲馬長城窟行		飲馬長城窟行	飲馬長城窟行	飲馬長城窟行
猛虎行	猛虎行		猛虎行	猛虎行	猛虎行
倣老杜無家	倣老杜無家		倣老杜無家	倣老杜無家	倣老杜無家
倣劉長卿出塞二首	倣劉長卿出塞二首		倣劉長卿出塞二首	倣劉長卿出塞二首	倣劉長卿出塞二首
楊妃墓	楊妃墓		楊妃墓	楊妃墓	楊妃墓
李夫人墓	李夫人		李夫人墓	李夫人墓	李夫人墓

延安滋戒師	延安滋戒師		延安滋戒師	延安滋戒師	延安滋戒師
卷六　律詩					
塞上四首	塞上四首		塞上四首	塞上四首	塞上四首
寒夜	寒夜		夜寒	寒夜	寒夜
三山渡口	三山渡口		三山渡口	三山渡口	三山渡口
西陵	西陵		西陵	西陵	西陵
光武廟	光武廟		光武廟	光武廟	光武廟
正覺院	正覺院		正覺院	正覺院	正覺院
開元寺	開元寺		開元寺	開元寺	開元寺
散策	散策		散策	散策	散策
陸渾	陸渾		陸渾	陸渾	陸渾
梁園中秋	梁園中秋		梁園中秋	梁園中秋	梁園中秋
梅和尚節使挽詞二首	梅和尚節使挽詞二首		梅和尚節使挽詞二首	梅和尚節使挽詞二首	梅和尚節使挽詞二首
溫妃挽詞二首	溫妃挽詞二首		溫妃挽詞二首	溫妃挽詞二首	溫妃挽詞二首
和西溪思歸	和西溪思歸		和西溪思歸	和尚〔註 5〕溪思歸	和西溪思歸
獄中	獄中		獄中	獄中	獄中
徒倚	徒倚		徒倚	徒倚	徒倚
西山寺二首	西山寺二首		西山寺二首	西山寺二首	西山寺二首
無	赴寧化宿王道		赴寧化宿王道	赴寧化宿王道	赴寧化宿王道
觀音院	觀音院		觀音院	觀音院	觀音院
北垞	北垞		北垞	北垞	北垞
荷葉平	荷葉平		荷葉平	蘆芽山	荷葉平
蘆芽山	蘆芽山		蘆芽山	荷葉平	蘆芽山
管州道中	管州道中		管州道中	管州道中	管州道中
瑞柏堂	瑞柏堂		瑞柏堂	瑞柏堂	瑞柏堂
謁北嶽	謁北嶽		謁北嶽	謁北嶽	謁北嶽
過黃崖二首	過黃崖二首		過黃崖二首	過黃崖二首	過黃崖二首

〔註 5〕「西」誤作「尚」。

寄王伯直（誤字）〔註6〕	桃花島回寄王伯宜		桃花島回寄王伯宜	桃花島回寄王伯宜	寄王伯宜
威平道中	威平道中		威平道中	威平道中	威平道中
慶雲道中	慶雲道中		慶雲道中	慶雲道中	慶雲道中
中秋金河感懷	中秋金河感懷		中秋金河感懷	中秋金河感懷	中秋金河感懷
登巢雲樓	登巢雲樓		登巢雲樓	登巢雲樓	登巢雲樓
和楊子元二首	和楊子元二首		和楊子元二首	和楊子元二首	和楊子元二首
松下獨酌	松下獨酌		松下獨酌	松下獨酌	松下獨酌
松山道中	松山道中		松山道中	松山道中	松山道中
疊翠巖三首	疊翠巖三首		疊翠巖三首	疊翠巖三首	疊翠巖三首
登憫忠寺閣	登憫忠寺閣		登憫忠寺閣	登憫忠寺閣	登憫忠寺閣
宿崔家莊	宿崔家莊		宿崔家莊	宿崔家莊	宿崔家莊
過滹水	過滹水		過滹水	過滹水	過滹水
通許道中	通許道中		通許道中	通許道中	通許道中
廬州城下	廬州城下		廬州城下	廬州城下	廬州城下
章宗挽詞	章宗挽詞		章宗挽詞	章宗輓詞	章宗輓詞
暮春	暮春		暮春	暮春	暮春
汝甕酒尊	汝甕酒尊		汝甕酒尊	汝甕酒尊	汝甕酒尊
湧雲樓雨	湧雲樓雨		湧雲樓雨	湧雲樓雨	湧雲樓雨
窮愁二首	窮愁二首		窮愁二首	窮愁二首	窮愁二首
和潘師韻	和潘師韻		和潘師韻	和潘師韻	和潘師韻
和政老九日韻	和政老九日韻		和政老九日韻	和政老九日韻	和政老九日韻
贈茅先生	贈茅先生		贈茅先生	贈茅先生	贈茅先生
大雪二首	大雪二首		大雪二首	大雪二首	大雪二首
雪霽	雪霽		雪霽	雪霽	雪霽
十月菊	十月菊得深字		十月菊得深字	十月菊得深字	十月菊
白雁	白雁		白雁	白雁	白雁
雪	雪		雪	雪	雪
野菊	野菊		野菊	野菊	野菊

〔註6〕「宜」誤作「直」。

嶽觀	嶽觀		嶽觀	嶽觀	嶽觀
秋雨	秋雨		秋雨	秋雨	秋雨
手掐樺皮彈琴圖新添	手掐樺皮彈琴圖新添		手掐樺皮彈琴圖新添	手掐樺皮彈琴圖新添	手掐樺皮彈琴圖新添
早日新安驛	早日新安驛		早日新安驛	早日新安驛	早日新安驛
明惠皇后挽歌詞四十首	明惠皇后挽歌詞四十首		明惠皇后挽歌詞四十首	明惠皇后挽歌詞四十首	明惠皇后挽歌詞四十首
河上二首	河上		河上二首	河上	河上二首
《截句》					
雪中登眞定閣	雪中登眞定閣		雪中登眞定閣	雪中登眞定閣	雪中登眞定閣
連雲潮退	連雲潮退		連雲潮退	連雲潮退	連雲潮退
郎山雜詠十首	郎山雜詠十首		郎山雜詠十首	郎山雜詠十首	郎山雜詠十首
天城山	天城		天城	天城	天城山
馬耳峰	馬耳峰		馬耳峰	馬耳峰	馬耳峰
仙人峰	仙人峰		仙人峰	仙人峰	仙人峰
摩雲峰	摩雲峰		摩雲峰	摩雲峰	摩雲峰
獨冠峰	獨冠峰		獨冠峰	獨冠峰	獨冠峰
五芝嶺	五芝嶺		五芝嶺	五芝嶺	五芝嶺
鬱秀峰	鬱秀峰		鬱秀峰	鬱秀峰	鬱秀峰
泓雲泉	泓雲泉		泓雲泉	泓雲泉	泓雲泉
上龍門	上龍門		上龍門	上龍門	上龍門
下龍門	下龍門		下龍門	下龍門	下龍門
奉命奏告山陵四首	奉命奏告山陵四首		奉命奏告山陵四首	奉命奏告山陵四首	奉命奏告山陵四首
遊崆峒四絕	遊崆峒四絕		遊崆峒四絕	遊崆峒四截	遊崆峒四絕
青龍洞	青龍洞		青龍洞	青龍洞	青龍洞
仙人橋	仙人橋		仙人橋	仙人橋	仙人橋
翠屏山	翠屏山		翠屏山	翠屏山	翠屏山
參雲亭	參雲亭		參雲亭	參雲亭	參雲亭
卷七　律詩					
春山詩意圖	春山詩意圖		春山詩意圖	春山詩意圖	春山詩意圖
春日即事	春日即事		春日即事	春日即事	春日即事

酷暑二首	酷暑二首		酷暑二首	酷暑二首	酷暑二首
棕扇	棕扇		棕扇	棕扇	棕扇
三臺懷古	三臺懷古		三臺懷古	三臺懷古	三臺懷古
寄王處士子端	寄王學士		寄王學士	寄王處士子端	寄王處士子端
登友雲亭	登友雲亭		登友雲亭	登友雲亭	登友雲亭
除日二首	除夜二首		除日二首	除日二首	除夜二首
娛暉軒	娛暉軒		娛暉軒	娛暉軒	娛暉軒
馬頭山清居院	馬頭山清居院		馬頭山清居院	馬頭山清居院	馬頭山清居院
松聲	松聲		松聲	松聲	松聲
抹里湛酒	抹里湛酒		抹里湛酒	株里湛酒〔註 7〕	抹里湛酒
連雲島望海	連雲島望海		連雲島望海	連雲島望海	
庚申元日	庚申元日		庚申元日	庚申元日	
送張仲山	送張仲山		送張仲山	送張仲山	送張仲山
和林卿錦波亭韻	和林卿錦波亭韻		和林卿錦波亭韻	和林卿錦波亭韻	和林卿錦波亭韻
雜興十首	白霽雜興十首		雜興十首	白霽雜興十首	雜興十首
白霽	白霽		白霽	白霽	白霽
南園	南園		南園	南園	南園
翠微軒	翠微軒		翠微軒	翠微軒	翠微軒
鎮國寺	鎮國寺		鎮國寺	鎮國寺	鎮國寺
七金山寺	七金山寺		七金山寺	七金山寺	七金山寺
野香亭	野香亭		野香亭	野香亭	野香亭
靈感寺	靈感寺		靈感寺	靈感寺	靈感寺
蘭若院	蘭若院		蘭若院	蘭若院	蘭若院
金河寺	金河寺		金河寺	金河寺	金河寺
趙園	趙園		趙園	趙園	趙園
扈蹕萬甯宮五首	無		無	扈蹕萬寧宮五首	扈蹕萬甯宮五首
扈蹕萬甯宮	扈蹕萬甯宮		扈蹕萬甯宮	扈蹕萬寧宮	扈蹕萬甯宮

〔註 7〕「抹」誤作「株」。

琵琶嶺	琵琶嶺		琵琶嶺	琵琶嶺	琵琶嶺
拂雲坪	拂雲坪		拂雲坪	拂雲坪	拂雲坪
金蓮川	金蓮		金蓮川	金蓮川	金蓮
五月牡丹	五月牡丹		五月牡丹	五月牡丹	五月牡丹
和王正之寄遠二首	和王正之寄遠二首		和王正之寄遠二首	和王正之寄遠二首	和王正之寄遠二首
甲子元日大安早朝	甲子元日大安早朝		甲子元日大安早朝	甲子元日大安早朝	甲子元日大安早朝
紅梨花應制	紅梨花應制		紅梨花應制	紅梨花應制	紅梨花應制
轅門不寐	轅門不寐		轅門不寐	轅門不寐	轅門不寐
寄懷	寄懷		寄懷	寄懷	寄懷
賦雪和張子野韻	賦雪和張子野韻		賦雪和張子野韻	賦雪和張子野韻	賦雪和張子野韻
高士圖	高士圖		高士圖	高士圖	高士圖
重陽後雪	重陽後雪		重陽後雪	重陽後雪	重陽後雪
代州	過代		代州	代州	過代
淨陽道中	靜陽道中		靜陽道中	靜陽道中	靜陽道中
題榮歸堂	題榮歸堂		題榮歸堂	題榮歸堂	題榮歸堂
遊郄家濼二首	遊郄家濼二首		遊郄家濼二首	遊郄家濼二首	遊郄家濼二首
題聚扇	題聚扇		題聚扇	題聚扇	題聚扇
張清獻公慶八十壽	張清獻公慶八十壽		張清獻公慶八十壽	張清獻公慶八十壽	張清獻公慶八十壽
上方	上方		上方	上方	上方
題荷筱圖	題右丞畫荷筱圖		題右丞畫荷筱圖	題荷筱圖	題荷筱圖
遊上清宮二首	遊上清宮二首		遊上清宮二首	遊上清宮二首	遊上清宮二首
送月上人	送月上人赴少林		送月上人赴少林	送月上人	送月上人
登定安閣	登定安閣		登定安閣	登定安閣	登定安閣
嘉禾合穎應制	許州襄城進嘉禾合穎應制		許州襄城進嘉禾合穎應制	嘉禾合穎應制	許州襄城進嘉禾合穎應制
黃鸚鵡應制	隴州進黃鸚鵡應制		隴州進黃鸚鵡應制	黃鸚鵡應制	黃鸚鵡應制

寄陳正叔	寄陳正叔		寄陳正叔	寄陳正叔	寄陳正叔
贈磨鏡李先生	贈磨鏡李先生		贈磨鏡李先生	贈磨鏡李先生	贈磨鏡李先生
記夢	記夢		記夢	記夢	記夢
登天壽閣	登天壽閣		登天壽閣	登天壽閣	登天壽閣
和劉雲卿	和劉雲卿		和劉雲卿	和劉雲卿	和劉雲卿
和種竹	和種竹		和種竹	和種竹	和種竹
寄元裕之	寄元裕之		寄元裕之	寄元裕之	寄元裕之
送宋飛卿二首	送宋飛卿二首		送宋飛卿二首	送宋飛卿二首	送宋飛卿二首
至日次劉雲卿韻	至日次劉雲卿韻		至日次劉雲卿韻	至日次劉雲卿韻	至日次劉雲卿韻
百五日獨游西園	百五日獨游西園		百五日獨游西園	百五日獨游西園	百五日獨游西園
題明皇劍閣圖	題明皇劍閣圖		題明皇劍閣圖	題明皇劍閣圖	題明皇劍閣圖
和欽止河中即事	和欽止河中即事		和欽止河中即事	和欽止河中即事	和欽止河中即事
弔袁用之	弔袁用之		弔袁用之	弔袁用之	弔袁用之
古瓶臘梅	古瓶臘梅		古瓶臘梅	古瓶臘梅	古瓶臘梅
雪意	雪意		雪意	雪意	雪意
栗	栗		栗	栗	栗
憶橙	憶橙		憶橙	憶橙	憶橙
射虎	射虎		射虎	射虎	射虎
冬至	冬至		冬至	冬至	冬至
菊二首	菊二首		菊二首	菊二首	菊二首
九月十一日夜對月	九月十一日夜對月		九月十一日夜對月	九月十一日夜對月	九月十一日夜對月
答趙慶之節使	答趙慶之節使		答趙慶之節使	答趙慶之節使	答趙慶之節使
題劉萊州像	題劉萊州像		題劉萊州像	題劉萊州像	題劉萊州像
九日會極目亭	九日會極目亭		九日會極目亭	九日會極目亭	九日會極目亭
再次前韻	再和		再和	再次前韻	再和
過楊太尉墳	過楊太尉墳		過楊太尉墳	過楊太尉墳	過楊太尉墳
過邠州二首	過邠州二首		過邠州二首	過邠州二首	過邠州二首
通慶陽	通慶陽		通慶陽	通慶陽	通慶陽

幕春得寒字	幕春得寒字		幕春得寒字	幕春得寒字	幕春得寒字
秋雨	秋雨		秋雨	秋雨	秋雨
百塔	百塔		百塔	百塔	百塔
過石氏園	過石氏園		過石氏園	過石氏園	過石氏園
上已游西園二首	上已遊西園分韻得蘭字與楊禮部攜同院諸公賦二首		上已遊西園分韻得蘭字與楊禮部攜同院諸公賦二首	上已遊西園分韻得蘭字與楊禮部攜同院諸公賦二首	上已遊西園分韻得蘭字與楊禮部攜同院諸公賦二首
挽劉雪卿	挽劉雪卿		挽劉雪卿	挽劉雪卿	挽劉雪卿
擬宮直雪詩擬應制二首	擬宮直雪詩擬應制二首		擬宮直雪詩擬應制二首	擬宮直雪詩擬應制二首	楊尚書宮直雪詩擬應制作
二月見梅花	二月見梅花		二月見梅花	二月見梅花	二月見梅花
春寒花較遲	春寒花較遲		春寒花較遲	春寒花較遲	春寒花較遲
殘梅	殘梅		殘梅	殘梅	殘梅
杏花	杏花		杏花	杏花	杏花
慶學士叔獻七十壽二首	慶學士叔獻七十壽二首		慶學士叔獻七十壽二首	慶學士叔獻七十壽二首	慶學士叔獻七十壽二首
訪天甯周老	訪天甯周老		訪天甯周老	訪天甯周老	訪天甯周老
卷八　律詩				**《絕句》**	
春遊四首	春遊四首		春遊四首	春遊四首	春遊四首
題扇頭	題扇頭		題扇頭	題扇頭	題扇頭
平湖戲鴨圖	平湖戲鴨圖		平湖戲鴨圖	平湖戲鴨圖	平湖戲鴨圖
暮歸	暮歸		暮歸	暮歸	暮歸
正覺院	正覺院		正覺院	正覺院	正覺院
登嵩頂	登嵩頂		登嵩頂	登嵩頂	登嵩頂
少林	少林		少林	少林	少林
石樓	石樓		石樓	石樓	石樓
嵩山道中二首	嵩山道中二首		嵩山道中二首	嵩山道中二首	嵩山道中二首
題南城樓	題南城樓		題南城樓	題南城樓	題南城樓
香巖寺壁	香巖寺壁		香巖寺壁	香巖寺壁	香巖寺壁
題扇頭	題扇頭		題扇頭	題扇頭	題扇頭
三學院對月	三學院對月		三學院對月	三學院對月	三學院對月

清居寺觀子野留題	清居寺五杉亭觀子野留題		清居寺五杉亭觀子野留題	清居寺觀子野留題	清居寺五彩亭觀子野留題〔註 8〕
回春谷	回春谷		回春谷	回春谷	回春谷
秘魔巖	秘魔巖		秘魔巖	秘魔巖	秘魔巖
登萬聖閣	登萬聖閣		登萬聖閣	登萬聖閣	登萬聖閣
馬頭	馬尾		馬頭	馬頭	馬尾
趙橋望	趙橋望		趙橋望	趙橋望	趙橋望
雞鳴山	雞鳴山		雞鳴山	雞鳴山	雞鳴山
盧溝	盧溝		盧溝	盧溝	盧溝
漁陽道中	漁陽道中		漁陽道中	漁陽道中	漁陽道中
達北京	達北京		達北京	達北京	達北京
龍山怪松	龍山怪松		龍山怪松	龍山怪松	龍山怪松
東京見梅	東京見梅		東京見梅	東京見梅	東京見梅
遼東	遼東		遼東	遼東	遼東
北都雪望	北都雪望		北都雪望	北都雪望	北都雪望
北都小雪	北都小雪		北都小雪	北都小雪	北都小雪
襲香亭二首	襲香亭二首		襲香亭二首	襲香亭二首	襲香亭二首
錦波亭	錦波亭		錦波亭	錦波亭	錦波亭
雨晴二首	雨晴二首		雨晴二首	雨晴二首	雨晴二首
靈感寺二首	靈感寺二首		靈感寺二首	靈感寺二首	靈感寺二首
雞鳴山下橋	雞鳴下橋		雞鳴山下橋	雞鳴山下橋	雞鳴山下橋
和舜元雜詩二首	和舜元雜詩二首		和舜元雜詩二首	和舜元雜詩二首	和舜元雜詩二首
聖安小集	聖安小集		聖安小集	聖安小集	聖安小集
和子約立看	和子約立看		和子約立看	和子約立看	和子約立看
二青圖	二青圖		二青圖	二青圖	二青圖
古北口	古北口		古北口	古北口	古北口
撫州二首	撫州二首		撫州二首	撫州二首	撫州二首
北苑寓直	北苑寓直		北苑寓直	北苑寓直	北苑寓直

〔註 8〕「杉」誤作「彩」

寓望	寓望		寓望	寓望	寓望
戴花	戴花		戴花	戴望〔註9〕	戴花
玉堂二首	玉堂二首		玉堂二首	玉堂二首	玉堂二首
西溪	西溪		西溪	西溪	西溪
夏至	夏直		夏至	夏直	夏直
過邯鄲	過邯鄲		過邯鄲	過邯鄲	過邯鄲
臨洺	臨洺		臨洺	臨洺	臨洺
眞際柏	眞際柏		眞際柏	眞際柏	眞際柏
滹沱	滹沱		滹沱	滹沱	滹沱
題閻立本職貢圖臨本二首	題閻立本職貢圖臨本二首		題閻立本職貢圖臨本二首	題閻立本職貢圖臨本二首	題閻立本職貢圖臨本二首
墨梅	墨梅		墨梅	墨梅	墨梅
香山	香山		香山	香山	香山
夏日	夏日		夏日	夏日	夏日
太甯吟詩臺	太甯吟詩臺		太甯吟詩臺	太甯吟詩臺	太甯吟詩臺
淶陽道中	淶陽道中		淶陽道中	淶陽道中	淶陽道中
狄梁公廟	狄梁公廟		狄梁公廟	狄梁公廟	狄梁公廟
燕	燕		燕	燕	燕
靈峰院	靈峰院		靈峰院	靈峰院	靈峰院
湧雲樓雨二首	湧雲樓雨二首		湧雲樓雨二首	湧雲樓雨二首	湧雲樓雨二首
樓上二首	樓上二首		樓上二首	樓上二首	樓上二首
登晉陽閣	登晉陽閣		登晉陽閣	登晉陽閣	登晉陽閣
中山會故人	中山會故人		中山會故人	中山會故人	中山會故人
下直	下直		下直	下直	下直
潭上二首	潭上二首		潭上二首	潭上二首	潭上二首
宿王佐寺	宿王佐		宿王佐	宿王佐宅	宿王佐寺
燕子圖三首	燕子圖三首		燕子圖三首	燕子圖三首	燕子圖三首
送人之河中	送人之河中		送人之河中	送人之河中	送人之河中
黃山蹇驢圖二首	題李平夫畫黃山蹇驢圖二首		題李平夫畫黃山蹇驢圖二首	題李平夫畫黃山蹇驢圖二首	黃山蹇驢圖二首

〔註9〕「花」誤作「望」

中秋日郊外遇雨	中秋日郊外遇雨		中秋日郊外遇雨	中秋日郊外遇雨	中秋日郊外遇雨
登安定閣	登安定閣		登安定閣	登安定閣	登安定閣
榮陽古槐	榮陽古槐		榮陽古槐	榮陽古槐	榮陽古槐
虎牢	虎牢		虎牢	虎牢	虎牢
新安道中	新安道中		新安道中	新安道中	新安道中
卷九　律詩				《絕句》	
游華山四首	游華山四首		遊華山四首	遊華山四首	游華山四首
河上公廟	河上公廟		河上公廟	河上公廟	河上公廟
稠桑谷遇雨	稠桑谷遇雨		稠桑谷遇雨	稠桑谷遇雨	稠桑谷遇雨
濟源四絕	濟源四絕		濟源四絕	濟源四絕	濟源四絕
山行四絕	山行四絕		山行四絕	山行四絕	山行四絕
雨晴	雨晴		雨晴	雨晴	雨晴
一雨	一雨		一雨	一雨	一雨
和陽尚書之美韻四首	和陽尚書之美韻四首		和陽尚書之美韻四首	和陽尚書之美韻四首	和陽尚書之美韻四首
題湖山豐夏橫幅四首	題劉得過畫湖山豐夏橫幅四首		題劉得過畫湖山豐夏橫幅四首	題湖山豐夏橫幅四首	題湖山豐夏橫幅四首
題古柏怪石圖三首	題東坡畫古柏怪石圖三首		題東坡畫古柏怪石圖三首	題古柏惟石圖三首	題古柏怪石圖三首
雪望	雪望		雪望	雪望	雪望
蟬	蟬		蟬	蟬	蟬
三蘇帖二首	三蘇帖二首		三蘇帖二首	三蘇帖二首	三蘇帖二首
即事	即事		即事	即事	即事
宿朱家寺	宿朱家寺		宿朱家寺	宿朱家寺	宿朱家寺
金水河	金水河		金水河	金水河	金水河
晚登太史臺二首	晚登太史臺二首		晚登太史臺二首	晚登太史臺二首	晚登太史臺二首
管幼安擢足圖	管幼安擢足圖		管幼安擢足圖	管幼安擢足圖	管幼安擢足圖
畫長江圖	龐才卿畫長江圖		龐才卿畫長江圖	龐才卿畫長江圖	畫長江圖
紫臘梅	紫臘梅		紫臘梅	紫臘梅	紫臘梅

題雙鹿圖二首	題雙鹿圖二首		題雙鹿圖二首	題雙鹿圖二首	題雙鹿圖二首
坡陽歸隱圖	坡陽歸隱圖		坡陽歸隱圖	坡陽歸隱圖	坡陽歸隱圖
九日繁臺寺	九日繁臺寺		九日繁臺寺	九日繁臺寺	九日繁臺寺
道旁古槐	道旁古槐		道旁古槐	道旁古槐	道旁古槐
昭君出塞圖	昭君出塞圖		昭君出塞圖	昭君出塞圖	昭君出塞圖
子卿歸漢圖	子卿歸漢圖		子卿歸漢圖	子卿歸漢圖	子卿歸漢圖
春山高隱圖	春山高隱圖		春山高隱圖	春山高隱圖	春山高隱圖
同樂園二首	同樂園二首		同樂園二首	同樂園二首	同樂園二首
游上清宮四首	游上清宮四首		游上清宮四首	游上清宮四首	游上清宮四首
中牟陽冰篆	中牟陽冰篆		中牟陽冰篆	中牟陽冰篆	中牟陽冰篆
過楊大尉墳	過楊大尉墳		過楊大尉墳	過楊大尉墳	過楊大尉墳
過長安二首	過長安二首		過長安二首	過長安二首	過長安二首
草堂	草堂		草堂	草堂	草堂
過咸陽二首	過咸陽二首		過咸陽二首	過咸陽二首	過咸陽二首
題東坡與佛印帖	題東坡與佛印帖		題東坡與佛印帖	題東坡與佛印帖	題東坡與佛印帖
呼群鳴鹿二首	呼群鳴鹿圖二首		呼群鳴鹿二首	呼群鳴鹿二首	呼群鳴鹿二首
五獄觀四絕	五獄觀		五獄觀四絕	五獄觀	五獄觀四絕
晝	晝		晝	晝	晝
夜	夜		夜	夜	夜
曉	曉		曉	曉	曉
暮	暮		暮	暮	暮
荔枝圖	荔支圖		荔支圖	荔枝圖	荔枝圖
臨韓幹馬	臨韓幹馬		臨韓幹馬	臨韓幹馬	臨韓幹馬
載梅	載梅		載梅	載梅	載梅
鴻溝	鴻溝		鴻溝	鴻溝	鴻溝
游崆峒四絕	游崆峒四絕		游崆峒四絕	遊崆峒四絕	游崆峒四絕
題東巖讀書堂	題東巖道人讀書堂		題東巖道人讀書堂	題東巖道人讀書堂	題東巖讀書堂
哀李平父	哀李平父		哀李平父	哀李平父	哀李平父

洮召硯	洮召硯		洮召硯	洮召硯	洮召硯
跋黃華墨竹二首	跋黃華墨竹二首		跋黃華墨竹二首	跋黃華墨竹二首	跋黃華墨竹二首
閏八月十八日會同館諸公同賦五首	閏八月十八日會同館諸公同賦絕句五首		閏八月十八日會同館諸公同賦絕句五首	閏八月十八日會同館諸公同賦五絕	閏八月十八日會同館諸公同賦五絕
列子廟二首	列子廟二首		列子廟二首	列子廟二首	列子廟二首
馬上見桃花	馬上見桃花		馬上見桃花	馬上見桃花	馬上見桃花
翠微寺二首	翠微寺二首		翠微寺二首	翠微寺二首	翠微寺二首
宿索水	宿索水		宿索水	宿索水	宿索水
平泉店逢夏使	平泉店逢夏使		平泉店逢夏使	平泉店逢夏使	平泉店逢夏使
慕春用寒字韻二首	慕春用寒字韻二首		慕春用寒字韻二首	慕春用寒字韻二首	慕春用寒字韻二首
初聞雁	初聞雁		初聞雁	初聞雁	初聞雁
宿遂初園	宿遂初園		宿遂初園	宿遂初園	宿遂初園
無	別春		別春	無	無
卷十　雜體					
擬元稹長慶新體戒諭	擬元稹長慶新體戒諭	擬元稹長慶新體戒諭（存題）	擬元稹長慶新體戒諭	擬元稹長慶新體戒諭	
諭陝西東南兩路行省詔	諭陝西東南兩路行省詔	無	諭陝西東南兩路行省詔	諭陝西東南兩路行省詔	
詳問書	詳問書	無	詳問書	詳問書	
答夏國告和書	答夏國告和書	無	答夏國告和書	答夏國告和書	
回宋國賀正旦書	回宋國賀正旦書	無	回宋國賀正旦書	回宋國賀正旦書	
回宋國賀萬年節	回宋國賀萬年節	無	回宋國賀萬年節	回宋國賀萬年節	
回夏國萬年節書	回夏國萬年節書	無	回夏國萬年節書	回夏國萬年節書	
統軍謝免罪表	統軍謝免罪表	統軍謝免罪表	統軍謝免罪表	統軍謝免罪表	
進呈章宗實錄表	章宗皇帝實錄表	上章宗皇帝實錄表	章宗皇帝實錄表	章宗皇帝實錄表	
上尊號表	上尊號表	上章宗尊號表	上尊號表	上尊號表	
平章謝撫諭表	平章謝撫諭表	平章謝撫諭表	平章謝撫諭表	平章謝撫諭表	

皇妃起居表	車駕慶寧宮皇妃起居表	車駕慶寧宮皇妃起居表	車駕慶寧宮皇妃起居表	車駕慶寧宮皇妃起居表	
皇妃起居表之二	車駕慶寧宮皇妃起居表之二	車駕慶寧宮皇妃起居表之二	車駕慶寧宮皇妃起居表之二	又	
百官起居表	百官起居表	百官起居表	百官起居表	百官起居表	
閏月表	閏月表	賀閏月表	閏月表	閏月表	
樞密左丞授平章政事表	樞密左丞授平章政事表	樞密左丞授平章政事表	樞密左丞授平章政事表	樞密左丞授平章政事表	
平章授左副元帥謝表	平章授左副元帥謝表	平章授左副元帥謝表	平章授左副元帥謝表	平章授左副元帥謝表	
謝宣慰賜夫人葬賻贈表	謝宣慰賜夫人葬賻贈龍腦水銀錦緞表	謝宣慰賜夫人葬賻贈表	謝宣慰賜夫人葬賻贈龍腦水銀錦緞表	謝宣慰賜夫人葬賻贈龍腦水銀錦緞表	
左副元帥謝宣賜表	平章左副元帥謝宣諭賜馬鈒具兔鶻匹段藥物表	平章左副元帥謝宣諭賜馬鈒具兔鶻匹段藥物表	平章左副元帥謝宣諭賜馬鈒具兔鶻匹段藥物表	平章左副元帥謝宣諭賜馬鈒具兔鶻匹段藥物表	
謝宣諭生擒賊將表	謝宣諭生擒賊將田俊邁表	謝宣諭生擒賊將田俊邁表	謝宣諭生擒賊將表	謝宣諭生擒賊將田俊邁表	
謝宣諭破蔡賊表	謝宣諭破壽蔡州賊賜玉靶劍玉荷連盞一隻黃金一百兩內府段子一十疋表	謝宣諭破壽蔡州賊賜玉靶劍玉荷連盞一隻黃金一百兩內府段子一十疋表（存題）	謝宣諭破蔡賊表	謝宣諭破壽蔡州賊賜玉靶劍玉荷連盞一隻黃金一百兩內府段子一十疋表	
丞相謝過表	丞相謝過表	丞相謝過表	丞相謝過表	丞相謝過表	
褅禮慶成表	褅禮慶成表	褅禮慶成表	褅禮慶成表	褅禮慶成表	
平章乞致仕表	平章乞致仕表	平章乞致仕表（存題）	平章乞致仕表	平章乞致仕表	
賀立皇太子表	賀立皇太子表	賀立皇太子表	賀立皇太子表	賀立皇太子表	
左參政乞致仕表	左參政乞致仕表	左參政乞致仕表	左參政乞致仕表	左參政乞致仕表	
宰相爲蝗生乞罪表	宰相爲蝗生乞罪表	宰相爲蝗生乞罪表	宰相爲蝗生乞罪表	宰相爲蝗生乞罪表	
敕封高麗王祦冊表	敕封高麗王祦冊表	敕封高麗王祦冊表	敕封高麗王祦冊表	敕封高麗王祦冊表	
前御史大夫張暐贈父萃卿誥	前御史大夫張暐贈父萃卿誥	前御史大夫張暐贈父萃卿誥	前御史大夫張暐贈父萃卿誥	前御史大夫張暐贈父萃卿誥	

參知政事李蹊授左丞誥	參知政事李蹊授左丞誥	參知政事李蹊授左丞誥	參知政事李蹊授左丞誥	參知政事李蹊授左丞誥	
許道眞致仕制	許道眞致仕制	許道眞致仕制	許道眞致仕制	許道眞致仕制	
道陵眞妃制	道陵眞妃制	道陵眞妃制	道陵眞妃制	道陵眞妃制	
無	無	宣宗遷座德陵冊文	無	無	
卷十一　碑文					
梁公墓銘	梁公墓銘	保大軍節度使梁公墓銘（存題）	梁公墓銘	梁公墓銘	
郭公謁銘	郭公謁銘	郭公謁銘（存題）	郭公謁銘	郭公謁銘	
崔公墓銘	崔公墓銘	孝義縣丞崔公墓銘	崔公墓銘	崔公墓銘	
姬公平叔墓表	姬平叔墓表	盤軍節度副使姬公平叔墓表（存題）	姬平叔墓表	姬平叔墓表	
遺安先生言行謁	遺安先生言行謁	遺安先生言行謁	遺安先生言行謁	遺安先生言行謁	
王楊二君死節銘	東明令王君雞澤尉楊軍死節銘	王楊二君死節銘（存題）	東明令王君雞澤尉楊軍死節銘	王楊二君死節銘	
張文正公碑	張文正公碑	贈銀紫光祿大夫翰林學士承旨張文正公碑	張文正公碑	張文正公碑	
任子山礦銘	任子山礦銘	任子山礦銘（存題）	任子山礦銘	任子山礦銘	
党承旨碑	翰林學士党公碑	中大夫翰林學士承旨文獻党承旨碑（存題）	翰林學士承旨文獻党公碑	翰林學士承旨文獻党公碑	
無	無	乞伏村堯廟碑（存題）	無	無	
無	無	利州精嚴禪寺蓋公和尚墓銘	無	無	
無	無	鄧州創建宣聖廟碑	無	無	
無	無	葉令劉君德政碑（存題）	無	無	

卷十二　碑文					
伯史神道碑	伯少中碑	伯少中開國伯史公神道碑	伯少中碑	伯史神道碑	
左丞張公神道碑	張左丞碑	尙書左丞張公神道碑（存題）	張左丞碑	左丞張公神道碑	
劉君遺愛碑	故葉令劉君遺愛碑	故葉令劉君墓銘	故葉令劉君遺愛碑	劉君遺愛碑	
王完顏公神道碑	廣平郡王完顏公碑	廣平郡王完顏公神道碑（存題）	廣平郡王完顏公碑	王完顏公神道碑	
祁忠毅傳	祁忠毅公傳	祁忠毅傳（存題）	祁忠毅公傳	祁忠毅傳	
卷十三　記					
適安堂記	適安堂記	適安堂記（存題）	適安堂記	適安堂記	
寓樂亭記	寓樂亭記	寓樂亭記（存題）	寓樂亭記	寓樂亭記	
石橋記	磁州石橋記	磁州石橋記	磁州石橋記	磁州石橋記	
學道齋記	學道齋記	學道齋記	學道齋記	學道齋記	
湧雲樓記	湧雲樓記	湧雲樓記（存題）	湧雲樓記	湧雲樓記	
種德堂記	種德堂記	種德堂記（存題）	種德堂記	種德堂記	
遂初園記	遂初園記	遂初園記	遂初園記	遂初園記	
雙溪記	雙溪記	雙溪記	雙溪記	雙溪記	
寶墨堂記	寶墨堂記	寶墨堂記（存題）	寶墨堂記	寶墨堂記	
希夷先生祠堂記	希夷先生祠堂記	希夷先生祠堂記	希夷先生祠堂記	希夷先生祠堂記	
葉縣學記	葉縣學記	葉縣學記（存題）	葉縣學記	葉縣學記	
商水縣學記	商水縣學記	商水縣學記	商水縣學記	商水縣學記	
裕州學記	裕州學記	裕州學記	裕州學記	裕州學記	
無	無	手植檜刻像記（存題）	無	無	

無	無	郟縣文廟創建講堂記	無	無	
卷十四　論					
總論	總論	總論	總論	總論	
西漢論	西漢論	西漢論	西漢論	西漢論	
東漢論	東漢論	東漢論（存題）	東漢論	東漢論	
魏晉正名論	魏晉正名論	魏晉正名論	魏晉正名論	魏晉正名論	
蜀漢正名論	蜀漢正名論	蜀漢正名論	蜀漢正名論	蜀漢正名論	
唐論	唐論	唐論	唐論	唐論	
知人論	知人論	知人論（存題）	知人論	知人論	
遷都論	遷都論	遷都論	遷都論	遷都論	
侯守論	侯守論	侯守論（存題）	侯守論	侯守論	
直論	直論	直論（存題）	直論	直論	
卷十五　引					
竹溪文集引	竹溪先生文集引	竹溪先生文集引	竹溪先生文集引	竹溪先生文集引	
法言微旨引	法言微旨引	法言微旨引	法言微旨引	法言微旨引	
道學發源引	道學發源引	道學發源引（存題）	道學發源引	道學發源引	
太玄箋贊引	太玄箋贊引	太玄箋贊引	箋太玄贊引	太玄箋贊引	
中說類解引	中說類解引	中說類解引（存題）	中說類解引	中說類解引	
貞觀政要申鑒引	貞觀政要申鑒引	貞觀政要申鑒引	貞觀政要申鑒引	貞觀政要申鑒引	
尚書無逸直解	尚書無逸直解	尚書無逸直解	尚書無逸直解	尚書無逸直解	
送麻徵君引	送麻徵君引	送麻徵君序（存題）	送麻徵君引	送麻徵君引	
卷十六　頌					
禘禮慶成頌	禘禮慶成頌	禘禮慶成頌	禘禮慶成頌	禘禮慶成頌	
駕幸宣聖廟釋奠頌	駕幸宣聖廟釋奠頌	駕幸宣聖廟釋奠頌（存題）	駕幸宣聖廟釋奠頌	駕幸宣聖廟釋奠頌	
顯宗御書藏秘閣銘	顯宗御書藏秘閣銘	顯宗御書藏秘閣銘並序	顯宗御書藏秘閣銘	顯宗御書藏秘閣銘	
聖德頌	聖德頌	聖德頌	聖德頌	聖德頌	

卷十七　箴					
御史箴	御史箴	御史箴（存題）	御史箴	御史箴	
驪山銘	驪山銘	驪山銘	驪山銘	驪山銘	
少華崩石銘	少華崩石銘	少華崩石銘	少華崩石銘	少華崩石銘	
時習齋銘	時習齋銘	時習齋銘	時習齋銘	時習齋銘	
日省齋銘	日省齋銘	日省齋銘（存題）	日省齋銘	日省齋銘	
習齋銘	習齋銘	習齋銘	習齋銘	習齋銘	
思齋銘	思齋銘	思齋銘	思齋銘	思齋銘	
無	無	無	克齋銘（存題）	無	
誠齋銘	誠齋銘	誠齋銘	誠齋銘	誠齋銘	
富義堂銘	富義堂銘	富義堂銘	富義堂銘	富義堂銘	
娛室銘	娛室銘	娛室銘	娛室銘	娛室銘	
贊					
東坡眞贊	東坡眞贊	東坡眞贊（存題）	東坡眞贊	東坡眞贊	
闕里升堂圖贊	闕里升堂圖贊	闕里升堂圖贊	闕里升堂圖贊	闕里升堂圖贊	
張清獻公贊	張清獻公贊	張清獻公贊	張清獻公贊	張清獻公贊	
		達摩面壁菴贊			
卷十八　祭文					
宣宗謚議	宣宗謚議	宣宗謚議	宣宗謚議	宣宗謚議	
宣宗哀冊	宣宗哀冊	無	宣宗哀冊	宣宗哀冊	
明惠皇后謚議	明惠皇后謚議	明惠皇后謚議	明惠皇后謚議	明惠皇后謚議	
明惠皇后謚冊	明惠皇后謚冊	明惠皇后謚冊	明惠皇后謚冊	明惠皇后謚冊	
祭姬平叔文	祭姬平叔文	祭姬平叔文（存題）	祭姬平叔文	祭姬平叔文	
哀先鋒副統辭	哀先鋒副統辭	哀先鋒副統辭	哀先鋒副統辭	哀先鋒副統辭	
李中丞青詞	追薦李中丞子賢青詞	無	追薦李中丞子賢青詞	追薦李中丞子賢青詞	
祭薛威儀文	祭薛威儀文	祭薛威儀文	祭薛威儀文	祭薛威儀文	
祭劉雲卿文	祭劉雲卿苻文	祭劉雲卿文	祭劉雲卿苻文	祭劉雲卿文	
無	無	宮縣樂曲議（存題）	無	無	

無	無	德運議	無	無	
卷十九　書啓					
請王教授書	相府請王教授書	相府請王教授書	相府請王教授書	相府請王教授書	
答李天英書	答李天英書	復李天英書	答李天英書	答李天英書	
答麻知幾書	答麻知幾書	復麻知幾書	答麻知幾書	答麻知幾書	
遺太醫張子和書	遺太醫張子和書	遺太醫張子和書	遺太醫張子和書	遺太醫張子和書	
無	無	與楊煥然先生書	無	無	
無	無	與楊煥然先生書二	無	無	
無	無	與劉京叔書〔註10〕	無	無	
卷二十　題跋					
跋東坡四達齋銘	跋東坡四達齋銘	跋東坡四達齋銘	跋東坡四達齋銘	跋東坡四達齋銘	
跋米元章多景樓詩	跋米元章多景樓詩	跋米元章多景樓詩	跋米元章多景樓詩	跋米元章多景樓詩	
題涪翁章草書文選詩後	題涪翁章草書文選詩後	題涪翁章草書文選詩後	題涪翁章草書文選詩後	題涪翁章草書文選詩後	
題東坡書孔北海贊	題東坡書孔北海贊	題東坡書孔北海贊（存題）	題東坡書孔北海贊	題東坡書孔北海贊	
題異壺圖	題異壺圖	題異壺圖（存題）	題異壺圖	題異壺圖	
書雷司直奏牘後	書雷司直奏牘後	雷司直奏牘跋	書雷司直奏牘後	書雷司直奏牘後	
書曹忠敏公碑後	書曹忠敏公碑後	曹忠敏公碑跋	書曹忠敏公碑後	書曹忠敏公碑後	
題東坡與王定國帖	題東坡與王定國帖	東坡與王定國帖跋	題東坡與王定國帖	題東坡與王定國帖	
題楊少師侍御帖	題楊少師侍御帖	楊少師侍御帖跋	題楊少師侍御帖	題楊少師侍御帖	
題楊少師書陰符經後	題楊少師書陰符經後	楊少師書陰符經跋（存題）	題楊少師書陰符經後	題楊少師書陰符經後	

〔註10〕此文取自《歸潛志》卷九，僅三十三字，未能單獨以篇論之。

題三仙帖	題三仙帖	三仙帖跋	題三仙帖	題三仙帖	
題竹溪篆	題竹溪篆	竹溪篆跋	題竹溪篆	題竹溪篆	
題竹溪黃山書	題竹溪黃山書	竹溪黃山書跋	題竹溪黃山書	題竹溪黃山書	
題東坡乞常州奏章	題東坡乞常州奏章	東坡乞常州奏章跋	題東坡乞常州奏章	題東坡乞常州奏章	
題東坡寄無盡公書後	題東坡寄無盡公書後	東坡寄無盡公書跋	題東坡寄無盡公書後	題東坡寄無盡公書後	
題不伐書後	題田不伐書後	田不伐書跋（存題）	題田不伐書後	題田不伐書後	
題巫山圖後	題巫山圖後	巫山圖跋	題巫山圖後	題巫山圖後	
題紫陽宮銘後	題紫陽宮銘後	紫陽宮銘跋	題紫陽宮銘後	題紫陽宮銘後	
題山谷草書	題山谷草書	山谷草書跋	題山谷草書	題山谷草書	
題王致叔書稽叔夜養生論後	題王致叔書稽叔夜養生論後	題王致叔書稽叔夜養生論跋	題王致叔書稽叔夜養生論後	題王致叔書稽叔夜養生論後	
題南麓書後	題南麓書後	題南麓書跋	題南麓書後	題南麓書後	
題黃山書後	題黃山書後	題黃山書跋	題黃山書後	題黃山書後	
無	無	無	題學易先生詩（存題）	又題學易先生詩	
跋劉伯深西巖歌	跋劉伯深西巖歌	劉伯深西巖歌跋	跋劉伯深西巖歌	跋劉伯深西巖歌	
題米元章修靜語錄引後	題米元章修靜語錄引後	米元章修靜語錄引跋	題米元章修靜語錄引後	題米元章修靜語錄引後	
無	無	郭恕先篆跋	無	無	
無	無	自書擬和韋蘇州詩跋	無	無	
無	無	騶子跋	無	無	
無	無	漢聞熹長韓仁銘跋	無	無	
附後一卷〔註11〕					

標「無」者，則爲本篇此版本未收；標「存題」者，則此版本有題目而未錄其內容。

〔註11〕「補遺一卷」〈郟縣文廟創建講堂記〉、〈手植檜刻像記〉、〈騶子跋〉、〈自書擬和韋蘇州詩跋〉、〈漢聞熹長韓仁銘跋〉二篇、〈與楊煥然先生書〉、〈德運議〉、〈乞伏村堯廟碑〉、〈鄧州創建宣聖廟碑〉、〈利州精嚴禪寺蓋公和尚墓銘〉共十一篇。

附錄三：趙秉文年譜

西元	年　號	歷史大事	文學大事	趙秉文事略	著　述
1159 己卯	南宋高宗紹興二十九年、金海陵王正隆四年	正月，嚴越境之禁，與南宋互市榷場，只留泗洲一處。 二月，金籍諸路兵，造戰具。	蔡松年卒(1107~) 張九成卒	趙秉文出生於磁州滏陽。	
1162 丑午	南宋高宗紹興三十二年、金世宗大定二年	正月，耿京起義抗金。 六月，立瑋爲皇太子，高宗傳位，自稱太上皇帝。追復岳飛官。 是歲，蒙古成吉思汗生。		趙秉文四歲	
1163 癸未	南宋孝宗隆興元年、金世宗大定三年	五月，張浚伐金，師潰於符離。 十一月，宋與金通使議和。		趙秉文五歲	
1164 甲申	南宋孝宗隆興二年、金世宗大定四年	十月，金兵復渡淮。 十一月，金以女眞字譯經史。	是歲，譯經、史爲女眞文，又遣信臣張弘信等十三人，分路通檢天下物力。	趙秉文六歲	
1165 乙酉	南宋孝宗乾道元年、金世宗大定五年	二月，金、宋伯姪相稱，金稱大宋姪皇帝。		趙秉文七歲，〈舉道齋記〉：「余七歲知讀書」	
1171 辛卯	南宋孝宗乾道七年、金世宗大定十一年	七月，孝宗立子惇爲太子。		趙秉文十三歲	〈宮縣樂曲議〉〔註 1〕
1175 乙未	南宋孝宗淳熙二年、金世宗大定十五年	九月，高麗將趙漢寵以四十餘城叛附金，金不受。		趙秉文十七歲，〈舉道齋記〉：「十七舉進士」	
1176 丙申	南宋孝宗淳熙三年、金世宗大定十六年	四月，金始置外府學及京府女眞學。 六月，朱熹知南康軍，奏復白鹿洞書院。	五月，以女眞文譯《史記》等書成。	趙秉文十八歲	
1177 丁酉	南宋孝宗淳熙四年、金世宗大定十七年	正月，高麗貢於金。 二月，金葬宋、遼宗室。		趙秉文十九歲	
1178 戊戌	南宋孝宗淳熙五年、金世宗大定十八年	正月，侍御史謝廓然請戒有司，毋以程頤、王安石之說取士。從之。 是歲，代州立監鑄錢。		趙秉文二十歲	

〔註 1〕〈宮縣樂曲議〉一文，《金文最》錄大定十一年趙秉文撰，是年趙十三歲，疑誤。

1182 壬寅	南宋孝宗淳熙九年、金世宗大定二十二年 九月，以朱熹爲江淮提刑，熹固辭。	三月，申敕西北路招討司勒猛安謀克官都部人習武備。 十月，立強取諸部羊馬法。	趙元生（卒年不詳）	趙秉文二十四歲	
1183 癸卯	南宋孝宗淳熙十年、金世宗大定二十三年	六月，監察御史陳賈請禁道學。李燾上續資治通鑑長編。	九月，譯經所譯《易》、《書》等書成，命頒行之。	趙秉文二十五歲	
1184 甲辰	南宋孝宗淳熙十一年、金世宗大定二十四年	三月，金主如會寧免租稅，宴宗室，歌女眞本曲。	雷淵生(~1231)	趙秉文二十六歲	
1185 乙巳	南宋孝宗淳熙十二年、金世宗大定二十五年	四月，世宗自上京返。 九月，世宗至中都。		趙秉文二十七歲，〈學道齋記〉：「於二十七與吾姬伯正父同登大定二十五年進士第。」	
1186 丙午	南宋孝宗淳熙十三年、金世宗大定二十六年	五月，宴講臣於祕書省。 八月，河決蘇州。		趙秉文二十八歲，〈墓銘〉：「調安賽簿，以課最遷邯鄲令，再遷唐山。」	〈賽下四首〉、〈春遊四首〉
1187 丁未	南宋孝宗淳熙十四年、金世宗大定二十七年	十月，宋高宗崩。 十一月，詔皇太子參決庶務。金禁女眞人學南人衣飾。		趙秉文二十九歲	
1188 戊申	南宋孝宗淳熙十五年、金世宗大定二十八年	正月，復置補闕、拾遺官。金世宗顏庸崩(1123~)，章宗立。		趙秉文三十歲。據〈墓銘〉，其父亡。	〈寄王處士子端〉
1189 己酉	南宋孝宗淳熙十六年、金世宗大定二十九年	正月，金世宗卒，孫璟立。 二月，孝宗傳位於太子。 三月，廢補闕、拾遺官。	十一月，命官再修《遼史》。	趙秉文三十一歲	
1190 庚戌	南宋光宗紹熙元年、金章宗明昌元年	三月，金初設制舉及宏詞科。	党懷英遷直學士，再遷國子祭酒。 元好問生(~1257) 耶律楚材生(~1244) 辛愿生(~1231) 李獻能生(~1232) 張柔生(~1268) 王鶚生(~1273)	趙秉文三十二歲，〈墓銘〉：「用薦者及提刑司舉起復充南京路轉運司都句判官。」	撰〈叢天臺賦〉、〈靈嚴寺〉、〈海月〉
1191 辛亥	南宋光宗紹熙二年、金章宗明昌二年	二月，更定奴誘良人法。 三月，拜經童爲相。 五月，封監女爲貴妃。 十一月，宋光宗祀太廟。	十一月，禁女眞以姓氏譯爲漢字。	趙秉文三十三歲，〈叢台賦〉：「歲辛亥之孟冬兮，余解印而南歸。」據〈墓銘〉，其母亡。	〈叢台賦〉

1192 壬子	南宋光宗紹熙三年、金章宗明昌三年	十一月，陸九淵卒。	十一月，禁官吏、百姓姓名皆同于古帝王者，又避周公、孔子諱。	趙秉文三十四歲	
1193 癸丑	南宋光宗紹熙四年、金章宗明昌四年	五月，賜陳亮及第。 十月，誅鄭王允蹈。 十二月，宋以朱熹知潭州。 是歲，大有年。		趙秉文三十五歲	
1194 甲寅	南宋光宗紹熙五年、金章宗明昌五年	正月，大通節度愛王大辨五國城以叛。 五月，完顏進等兵至東堙津，骨字興戰敗。 六月，宋孝宗崩。	王寂卒(1128~) 三月，置宏文院譯寫經書。	趙秉文三十六歲	
1195 乙卯	南宋寧宗慶元元年、金章宗明昌六年	十一月，流趙汝愚於永州。	六月，張暐進《大金儀禮》。	趙秉文三十七歲，得王庭筠舉薦入翰林院。〈墓銘〉:「上書論宰相胥持國當罷，宗室守貞可大用，又言州獄征伐，國之大政，自古未有君以爲可，大臣以爲不可而可行者，作讒訕免官。」	撰書〈乞伏村重修唐帝廟碑〉(河南安陽)撰〈陪趙文孺、路宣叔分韻賦雪〉、〈獄中〉、〈溫妃挽詞二首〉、〈梅和尚節使挽詞二首〉
1196 丙辰	南宋寧宗慶元二年、金章宗承安元年	正月，北邊廣吉刺擊敗金兵。 二月，初造金虎符發兵。 四月，初行區種法。 八月，禁用僞學之黨。 是年，內侍御江淵用事，太后與王皆信之。夏人寇河東、陝西連年，淵皆不即以聞。	十二月，削朱熹官。 趙渢約卒此年(生年不詳)	趙秉文三十八歲，任同知岢嵐軍州事。(形同再貶)	〈岢嵐賦雪分韻得素字〉、〈和淵明擬古七首〉
1197 丁巳	南宋寧宗慶元三年、金章宗承安二年	十二月，宋詔省部籍僞學之士趙汝愚、朱熹等姓名，凡五十九人。 是年，天下大旱。		趙秉文三十九歲，與李純甫、王若虛等進士第	
1198 戊午	南宋寧宗慶元四年、金章宗承安三年	五月，宋詔嚴僞學之禁。 八月，育太祖十世孫與愿於宮中，賜名儼。		趙秉文四十歲	
1199 己未	南宋寧宗慶元五年、金章宗承安四年	二月，詔建太學於京城之南，置古今文集等。 九月，太后趙氏薨。起大明寺，建九級浮屠。 是年，封高禪爲高麗國王。		趙秉文四十一歲	

1200 庚申	南宋寧宗慶元六年、金章宗承安五年	八月，宋光宗崩(1147~)。 十一月，愛王叛軍連年深入，至波斯川，陷大都。 是年，命官到山東等路括地。	三月，朱熹卒(1130~)	趙秉文四十二歲，轉任北京（今遼寧）轉運司度支判官。生有一子〔註 2〕	撰書〈蓋公和尚行狀銘〉、〈謁北嶽〉、〈連雲島望海〉、〈連雲潮退〉、〈游箭山〉、〈仿太白登覽〉、〈冬至〉
1202 壬戌	南宋寧宗嘉泰二年、金章宗泰和二年	五月，國主大宴於於西涼觀，鄂王直諫。 閏十二月，改交鈔法。	王庭筠卒(1156~)	趙秉文四十四歲，〈墓銘〉:「改戶部主事遷翰林修撰。」	〈五月牡丹應制〉、〈扈蹕萬寧宮〉、〈瑟琶嶺〉、〈拂雲坪〉、〈金蓮川〉、〈春水行〉
1203 癸亥	南宋寧宗嘉泰三年、金章宗泰和三年	七月，宋造戰艦。 八月，增置襄陽騎卒。	劉祁生(~1250) 姚樞生(~1280)	趙秉文四十五歲	〈送李按察十首〉
1204 甲子	南宋寧宗嘉泰四年、金章宗泰和四年	正月，韓侂冑定議伐金。 五月，宋追封岳飛爲鄂王。 六月，愛王發疾卒。 是歲，大旱，河北、山東尤甚。		趙秉文四十六歲	〈燕子圖三首〉
1205 乙丑	南宋寧宗開禧元年、金章宗泰和五年	十一月，宋兵入內鄉，被金擊敗。 是年，蒙古鐵木眞掠西夏。		趙秉文四十七歲	
1206 丙寅	南宋寧宗開禧二年、金章宗泰和六年、蒙古太祖元年	五月，宋伐金，大敗。 十月，金分兵南下侵宋。 十一月，金兵分取州郡，宋請和。 十二月，蒙古成吉思汗鐵木眞即位於斡難河。	李純甫入翰林	趙秉文四十八歲，從伐宋。	〈刑南征之役〉、〈通許道中〉、〈廬洲城下〉、〈轅門不寐〉、〈從帥府謁太清宮〉、〈遊醉翁亭〉
1207 丁卯	南宋寧宗開禧三年、金章宗泰和七年、蒙古太祖二年	五月，宋遣使方信孺來，以通謝國信，參議和好。 六月，宋再遣使求和。 十一月，史彌遠殺韓侂冑。	辛棄疾卒(1140~) 十二月，修《遼史》成。	趙秉文四十九歲	
1208 戊辰	南宋寧宗嘉定元年、金章宗泰和八年、蒙古太祖三年	三月，以韓侂冑首謝金。 九月，宋、金和議成。 十月，史彌遠相。 十一月，金章宗崩，衛王允濟立。		趙秉文五十歲	〈郏縣文廟創建講堂記〉、〈章宗挽詞〉
1209 己巳	南宋寧宗嘉定二年、金衛紹	正月，改元，大赦天下。 五月，蒙古兵入靈州，夏	陸游卒(1125~) 許橫生(~1281)	趙秉文五十一歲，〈墓銘〉:「出爲寧	〈送李天英下第〉

〔註 2〕詳全文見〈史傳〉。

	王大安元年、蒙古太祖四年	主安全降。 十二月，蒙古取畏吾兒國。 是歲，金、蒙絕交。		邊州（今蒙古清水河縣溪南）刺史」。〈黃河九昭〉：「大安元年，出守寧邊。」	
1210 庚午	南宋寧宗嘉定三年、金衛紹王大安二年、蒙古太祖五年	二月，詔河東、河北沿邊，募饑民修水利。 三月，詔內外百官，條陳禦敵之策。 十二月，蒙古侵金西北邊。	党懷英卒(1133~)	趙秉文五十二歲，改任平定州刺史。〈湧雲樓記〉：「大安二年，余來莅平定。」	撰〈湧雲樓記〉、〈湧雲樓雨〉、〈游懸泉賦〉、〈漸臺行〉
1211 辛未	南宋寧宗嘉定四年、金衛紹王大安三年、蒙古太祖六年	二月，蒙古侵金。 八月，夏主趙安全卒，族子遵頊立。蒙古取金西京大同府，金西北諸州盡沒。 十一月，楊安兒攻山。	周昂卒（生年不詳）	趙秉文五十三歲，蒙古南下入侵，趙上言用兵需出奇不意以先發制人，王不能用，果敗。〔註 3〕	〈南麓畫華清宮圖〉
1212 壬申	南宋寧宗嘉定五年、金衛紹王崇慶元年、蒙古太祖七年	五月，金河東、陝西大饑。蒙古取金宣德府。 十二月，蒙古軍攻破東京，取律留哥叛金，聚眾攻韓州。		趙秉文五十四歲，〈墓銘〉：「歲饑，出奉粟爲豪民倡以賑貧乏，賴以全活者縱。」〈墓銘〉：「入爲兵部郎中兼翰林修撰，俄題點司天台。」	〈遂初園記〉、〈遂初園〉
1213 癸酉	南宋寧宗嘉定六年、金宣宗貞祐元年（崇慶二年、至寧元年）、蒙古太祖八年	五月，改元至寧。 八月，金胡沙虎弒宣宗，立昇王珣。 十月，蒙古圍金燕京。 九月，改元貞祐。 十二月，蒙古拔金河北、河東諸州郡。	雷淵登進士第	趙秉文五十五歲，〈墓銘〉：「崇慶二年者，太白經天，公上奏：『歲八月當有人更王之變。』當國者以爲妖言，置章不通，及期王出居衛邸如公言。」〈墓銘〉：「轉翰林直學士。」	〈送雷希顏之涇州錄事參軍〉、〈冷巖行〉、〈九日登繁臺寺〉、〈飲馬長城窟行〉、〈從軍行送田琢器之〉
1214 甲戌	南宋寧宗嘉定七年、金宣宗貞祐二年、蒙古太祖九年	五月，金徙都汴。金乣衛乣軍叛降蒙古。 七月，蒙古復圍燕；取金遼西州郡。 十二月，楊安兒敗亡。	元好問至汴京（今河南開封）受趙秉文、楊雲翼賞識。	趙秉文五十六歲，〈墓銘〉：「貞祐初年，公言時事三：一遷都；二導河；三封建……。」〔註 4〕	〈德運議〉、〈倣郎士源寶刀賽上兒〉、〈從軍行送田琢器之〉
1215 乙亥	南宋寧宗嘉定八年、金宣宗貞祐三年、蒙古太祖十年	二月，北京失守。 五月，蒙古兵入燕。十月，蒙古攻金潼關，不克；趨	張行簡卒。	趙秉文五十七歲，《歸潛志》：「貞祐初，詔免府試，而趙閑閑爲省試有	書金崔禧撰〈州學濟州刺史李演碑〉（山東濟寧）與〈倣嚴武臨邊〉

〔註 3〕詳全文見〈史傳〉。

〔註 4〕墓銘只云貞祐初，故由疑此建言亦可能在貞祐元年末。

		汴爲金所敗，還。 十二月，張致據錦蒙稱瀛王，建元興隆。		司，得李欽叔賦大愛之，蓋其文雖格律稍疏，然詞藻莊嚴絕俗，因擢爲第一人。……」《選舉志》：「貞祐三年，以會試題已曾出，而有犯格中選者……」〈史傳〉：「是年上書，願爲國家守殘破一州……不許。」	
1216 丙子	南宋寧宗嘉定九年、金宣宗貞祐四年、蒙古太祖十一年	十月，蒙古克金潼關。 十一月，金復取潼關。 是年，金遭旱、蝗。	劉秉中生(~1274)	趙秉文五十八歲，〈墓銘〉：「除翰林學士」(當在八月之後)	
1217 丁丑	南宋寧宗嘉定十年、金宣宗興定元年、蒙古太祖十二年	四月，金侵宋。 五月，宋敗金兵。 六月，宋詔伐金。 九月，改元興定。 十二月，蒙古圍西夏興州，夏神宗奔西涼。		趙秉文五十九歲，〈史傳〉：「轉侍讀學士」《歸潛志》：興定初年，朱虎高琪惡士大夫，故有罪輒箠杖，趙因坐誤糧草被杖四十，大憤。	
1218 戊庚	南宋寧宗嘉定十一年、金宣宗興定二年、蒙古太祖十三年	十二月，金請和於宋，不遂，乃分兵入侵。		趙秉文六十歲	
1218 己卯	南宋寧宗嘉定十二年、金宣宗興定三年、蒙古太祖十四年	三月，蒙古盡取金河北州縣。 九月，蒙古伐西域諸國。 十二月，宋分道伐金。蒙古擊降高麗。 是年，金境內地震不斷。	李純甫入翰林。	趙秉文六十一歲，《金史金宣宗本紀》：「興定三年，王三錫請榷油，高琪主之，眾（趙秉文、楊雲翼）以爲不便遂止。」《金史金宣宗本紀》：「八月戊辰，遣翰林侍讀學士趙秉文祭后土於河中府」(《文集》有〈汾陰祠后土河中八詠〉)《金史金宣宗本紀》：「十二月，高琪誅。」(《歸潛志》中記有趙秉文雪仇之作，文集中亡佚)	
1220 庚辰	南宋寧宗嘉定十三年、金宣宗興定四年、	正月，宋師無功。 十一月，蒙古入濟南，下魏博，圍東平。		趙秉文六十二歲，拜禮部尚書轉侍讀學士，同修國史知	書〈趙霖畫六駿圖跋〉、〈坡陽歸隱圖〉、〈答趙慶

	蒙古太祖十五年	是歲，遼王耶律留哥崩。		集賢院事。（項楊雲翼位置）	之節使〉參與同修《章宗實錄》〔註5〕
1221 辛巳	南宋寧宗嘉定十四年、金宣宗興定五年、蒙古太祖十六年	二月，金大舉侵宋。 五月，蒙古取東平。 六月，宋立沂王嗣子貴和為皇太子，更名竑。 閏十二月，宋通使蒙古。	宰相師仲安指責趙秉文、楊雲翼、雷淵、李獻能為「元氏黨人」。 楊雲翼復起為禮部尚書。	趙秉文六十三歲，知貢舉，取進士，盧亞重用韻削兩階，因請致仕，宣宗許之。（《歸潛志》：「知貢舉，坐為同官所累，奪一官，致仕。有旨以卿嘗告老，今遂之也。」）	〈仿天甯周老〉、〈擬和韋蘇州二十首〉、〈九月十一日夜對月〉
1222 壬午	南宋寧宗嘉定十五年、金宣宗元光元年（興定六年）、蒙古太祖十七年	八月，改元元光。 十月，蒙古取金河中。 十二月，鐵木真平定西域，滅回國。		趙秉文六十四歲，〈史傳〉：「復為禮部尚書……」	〈法言微子序〉〔註6〕
1223 癸未	南宋寧宗嘉定十六年、金宣宗元光二年、蒙古太祖十八年	十二月，金宣宗卒，子守緒立。蒙古攻夏，夏神宗傳位於子德旺。蒙古速不臺平定欽察。	李純甫卒(1177~) 楊雲翼致仕 郝經生(~1275)	趙秉文六十五歲	書〈達摩像殘石題字〉（河南登封）、〈(李純甫)墓表〉、〈長白山行〉
1224 甲申	南宋寧宗嘉定十七年、金哀宗正大元年、蒙古太祖十九年	閏八月，宋寧宗崩，史彌遠矯詔立趙貴誠，更名昀，即位。 九月，鐵木真自西域班師。 十月，與西夏議和。	程震卒(1181~) 劉從益卒(1181~) 元好問在汴京應試宏詞科，中選，授儒林郎權國史編修官。	趙秉文六十六歲，《史傳》：「再請致仕，不許。改翰林學士同修國史。」《趙閑閑眞贊》：「正大甲申，諸公貢某詞科，公為監試官。」	〈野菊〉、〈冬至〉、〈詠古瓶臘梅〉、〈憶橙〉、〈射虎〉、〈九日登極目〉、〈題東巖道人讀書堂〉、〈閏八月十八日會同館諸公同賦五絕〉
1225 乙酉	南宋理宗寶慶元年、金哀宗正大二年、蒙古太祖二十年	六月，加史彌遠太師，封魏國公。 九月，與西夏和議成。 十一月，蒙古取夏靈州。		趙秉文六十七歲，《金史金哀宗本紀》：「正大二年冬，趙同楊之美作《龜鑑萬年錄》」	《龜鑑萬年錄》
1226 丙戌	南宋理宗寶慶二年、金哀宗正大三年、蒙古太祖二十一年	三月，蒙古圍青州。 七月，夏獻宗卒，弟子晛立。		趙秉文六十八歲，〈史傳〉：「兼益政院說書官」	撰〈遊草堂寺詩〉（陝西盧縣）、《君臣政要》、〈和楊尚書之美韻〉、〈杏花〉、〈鄭子產廟〉、〈春寒花較遲〉

〔註5〕《章宗實錄》由高汝灑、張行簡奉敕主修，歷時四年，於此年書成上呈。
〔註6〕〈法言微子序〉據王若虛〈揚子法言微子序〉推趙應著於此年。

1227 丁亥	南宋理宗寶慶三年、金哀宗正大四年、蒙古太祖二十二年	五月，李全降蒙古。 六月，蒙古滅西夏。 十二月，鐵木眞卒於六盤山，少子拖雷監國。		趙秉文六十九歲	撰書〈葉令劉從益惠政碑〉（河南葉縣）
1228 戊子	南宋理宗紹定元年、金哀宗正大五年、蒙古拖雷元年	三月，金將陳和尙大敗蒙古兵於大昌原。		趙秉文七十歲	〈游華山寄元欲之〉、〈游崆峒山〉、〈游華山四首〉、〈游崆峒四絕〉、〈漢閒熹長韓仁銘跋〉、〈華山感古賦〉
1229 己丑	南宋理宗紹定二年、金哀宗正大六年、蒙古太宗元年	八月，蒙古窩闊臺立，是爲太宗。 十二月，蒙古始定算賦。		趙秉文七十一歲	
1230 庚寅	南宋理宗紹定三年、金哀宗正大七年、蒙古太宗二年	七月，窩闊臺自將侵金。 十月，蒙古太宗入陝西，金兵守潼關。 是歲，蒙古西征。		趙秉文七十二歲	撰書〈鄧州創建宣聖廟碑〉
2131 辛卯	南宋理宗紹定四年、金哀宗正大八年、蒙古太宗三年	正月，李全敗亡。 二月，蒙古侵金，克鳳翔，下洛陽、河中諸城。 八月，拖雷侵興元、仙人關。蒙古立中書省，以耶律楚材爲中書令。取高麗四十餘城，高麗降。	雷淵卒(1184~)	趙秉文七十三歲	〈尙書左丞張公神道碑〉、〈擬和韋蘇州二十首〉
1232 壬辰	南宋理宗紹定五年、金哀宗天興元年、蒙古太宗四年	正月，蒙古圍汴京。 二月，金棄潼關。 三月，蒙古圍洛陽。 七月，金殺蒙古來使。 十月，拖雷卒。蒙古約宋共伐金。金哀宗出奔河北，蒙古復圍汴京。	元好問撰《閑閑公墓銘》 《中州集》約此年成書 王渥卒(1218~) 李獻能被殺(1190~) 李汾被殺(1192~) 麻九疇卒(1183~) 完顏璹卒(1172~) 元周密生(~1298) 馬天采卒(1172~)	趙秉文七十四歲，五月二十二日病歿，積官至資善大夫勳上護軍節天水郡侍，食邑一千戶，實封一百戶。	〈汴京戒嚴赦文〉（元月）、〈開興改元詔〉（三月）